2021 신춘문예
희곡 당선 작품집

2021 신춘문예 희곡 당선 작품집

초판 1쇄 인쇄 2021년 1월 25일
초판 1쇄 발행 2021년 1월 29일

지은이 이정모, 신윤주, 김진희, 박세향, 우솔미, 임규연, 박초원, 이철용
펴낸이 박성복
펴낸곳 도서출판 월인
주소 01047 서울특별시 강북구 노해로25길 61
등록 1998년 5월 4일 제6-0364호
전화 (02) 912-5000
팩스 (02) 900-5036
홈페이지 www.worin.net
전자우편 worinnet@hanmail.net

ⓒ 이정모, 신윤주, 김진희, 박세향, 우솔미, 임규연, 박초원, 이철용, 2021

ISBN 978-89-8477-698-2 03810

값은 뒤표지에 있습니다.

2021 신춘문예
희곡 당선 작품집

도서
출판 월인

차 례

경상일보 희곡 부문 당선작

상자소년

■

이정모

명지전문대 문예창작과 재학 중

등장인물

하잔[1]

아토[2]

새나[3]

엄마: 하잔의 엄마

아빠: 하잔의 아빠

장소

초록빛 잔디밭이 펼쳐져 있고 저 너머 칙칙한 회색 도시가 얼핏 보인다.

무대

초록빛 조명으로 잔디밭을 표현하고 뒤쪽으로는 회색빛 조명이 들어와 도
시임을 알려준다.

---

1) '하잔하다'라는 단어에서 착안해낸 이름. '주위가 텅 빈 것 같은 외롭고 쓸쓸한 느낌'을
뜻한다.
2) '선물'이라는 뜻의 순한글 단어.
3) '새가 나는 것처럼 자유롭고 아름다움'이라는 뜻의 순한글 단어.

8

상자 위에 누워 눈을 감고 있는 아토. 이때 길을 잃은 듯 주변을 두리번거리며 걸어오는 하잔은 상자에 누워있는 아토를 발견하고 가까이 간다. 하잔이 걸을 때마다 주머니에 차고 다니는 열쇠 꾸러미로 인해 짤랑짤랑 소리가 들린다. 열쇠는 대략 5~6개 되어 보인다. 하잔은 아토 앞에서 말을 건다.

하잔 (머뭇거리며) 혹시 여기가 어디야? 내가 지금 길을 잃어버려서… 집으로 돌아가야 하거든.

하잔의 물음에 아토는 이해를 못했다는 표정으로 쳐다본다. 당황한 듯 서 있는 하잔을 아토가 물끄러미 바라본다. 하잔은 어색하게 자신의 주머니에 걸려있는 열쇠 꾸러미를 손으로 만진다. 아토는 시선을 거두며 자신의 옆자리를 툭 툭 친다.

아토 여기 앉아.

머뭇거리다 하잔은 주머니에서 구겨진 손수건을 꺼내 상자 위에 펼친 뒤 앉는다.

아토 (손으로 열쇠를 가리키며) 그 열쇠들은 뭐야?
하잔 집 열쇠. (소중하단 듯이 손에 꼭 쥐고) 제일 중요한 거지. 집을 지켜주니까. 그리고 또 이게 없으면 집에 들어갈 수 없고…
아토 (고개를 저으며 한숨을 쉬고) 제일 피곤하겠네. 그런 쇳덩어리를 항상 신경 써야 하니까.

하잔은 아무런 대답을 하지 않는다. 잠깐의 정적. 이내 다른 주제로 돌려

버리는 하잔.

하잔 뭐 하고 있었어?

아토 그냥 아무것도.

하잔 상자 위에서?

아토 여기는 내 방이야.

하잔 상자가?

아토 오늘은 날이 좋아서 상자를 접고 그 위에 앉아 쉬는 거고. 비가
오거나 날이 추우면 이제 상자 안에 들어가서 쉬는 거지.

하잔 (표정이 묘하게 일그러지며) 장난치지 마.

아토 무엇이든 방이 될 수 있잖아.

하잔 집이 없구나?

아토 있어.

하잔 어디에?

아토 가족 말이야.

하잔 (어이없다는 듯) 아니 살고 있는 장소를 물어본 거야.

아토 그런 게 중요한 건 아니잖아.

하잔 그럼 뭐가 중요한데? (하잔을 가만히 쳐다보는 아토를 보며) 아직도
주소 하나 못 외우고 다녀서 어쩌려고.

아토 왜 알아야 하는데?

하잔 (아토가 답답한지 땅을 발로 구르며) 그러면 집을 찾아갈 수가 없잖
아!

아토 집을 왜 찾아가?

하잔 바보야. 그러면 집 없이 어디서 지낼래?

뭔가 이상함을 느낀 아토가 다시 말하려는 듯 입을 열지만 이때 들려오는

10

새나의 목소리에 묻힌다. 뒤이어 새나가 걸어 들어온다. 여러 크기의 상자들을 들고 있다.

새나　(큰 목소리로) 상자 사세요! 상자 사세요! 단돈 5000원이면 넓은 방을 얻을 수 있습니다!

지나가는 사람들에게 말을 거는 새나. 관객에게는 사람들이 보이지 않는다. 새나는 "상자 보실래요? 상자 필요하지 않으세요?"를 반복하며 몇 번 물어보다 포기한다. 주변을 둘러보다 멀리 앉아있는 아토와 하잔을 발견하고 다가간다.

새나　(아토를 보고 반가워하며) 여기 있었네! 잘 지냈어? (아토 옆에 있는 하잔을 보곤) 옆엔 누구야? 처음 보는 얼굴이네.

아토　아 그러고 보니 이름도 몰랐네. 나도 오늘 처음 만났거든.

하잔　하잔이야. 내 이름.

새나　안녕. 난 새나. 그리고 언제 만났는지는 모르겠지만 네 옆에 있는 애는 아토.

아토　길을 잃어버렸대.

하잔　(새나를 보며) 혹시 여기가 어딘지 알아?

새나　흐음… (아토를 쳐다보며) 여기가 어디지?

아토가 새나를 보며 어깨를 으쓱인다.

새나　사실 그런 건 아무짝에도 쓸모가 없어. (갖고 있던 상자를 살짝 위로 올리며) 상자 하나 살래?

웃으며 상자를 흔들어 보이는 새나를 보고 짜증을 내는 하잔.

하잔 이런 건 필요 없어.

아토 (새나에게 작게) 저것보다 더 큰 상자에서 살고 있나 봐.

아토의 말이 들렸는지 한숨을 쉬는 하잔.

새나 그러는 너야말로 어디서 왔는데?

하잔 나는 저기. (도시를 가리킨다)

새나 아 저기? (말이 끝남과 동시에 상자 하나를 바닥에 두고 둘 앞에 앉는다)
꽤 복잡한 데서 왔구나?

하잔 … 밖이 시끄럽긴 해.

아토 시끄러우면 머리 아파. (도시를 떠올리다 이내 몸을 떨며) 시끄러운
거랑 활기 넘치는 거랑 다르지. 저긴 그냥 시끄럽고 정신없어
보여.

새나 여기랑은 전혀 다르지. 편하지도 않고. 무엇보다 칙칙하잖아.
(주위를 두리번거리며 속삭이듯) 사람들도 이상하고.

아토 사람들은 왜?

새나 뭔가를 잃어버린 것마냥 눈에 초점이 없어. (골똘히 생각하다가)
뭐가 중요한지도 모르는 것 같고. 엉뚱한 거에 미쳐있달까.

아토 저번에 네가 얘기했던 것 같은데?

새나 맞아. 요즘 부쩍 상자가 잘 팔린다고 얘기하면서 말했었지.

아토 요즘도 잘 팔려?

새나 응. 나날이.

아토 그러면 이제 자리 잡기가 힘들 수도 있겠는데. (잔디밭을 훑어본
다)

새나   (손사래를 치며) 그 정도는 아니고. 그래도 사람이 많아지면 지금 처럼 조용하진 않겠지만 북적이는 맛도 있을 거야.

아토   (상상하며) 그치… (조용히 듣고 있던 하잔에게 시선을 돌리며) 네가 얘기해봐.

하잔   뭘?

아토   네가 살고 있는 곳.

하잔   그냥… (잠시 생각하다) 조용해.

아토   조용하다고?

새나   (고개를 갸웃거리며) 그럴 리가 없는데. 내가 잠깐 지나칠 때마다 조용하다고 생각해 본 적이 없는걸.

아토   네가 간 곳만 그런 거 아냐 그러면? (갸웃거리며) 아냐. 가끔 거 기서 오는 사람들 바쁘고 정신없어 보였어. (주변을 살피며 몸을 낮춰 둘에게 가까이 오라고 손짓한다) 얼마 전에 새로 온 사람이 저 기서 왔다고 했거든. 근데 어떻게 쉬는지를 모르더라고.

하잔   (조금 다급하게) 밖은, (이내 다시 차분해지며) 밖은 시끄럽지만 안 은 나름 조용해. 모두가 다 그런 건 아니잖아? (어색한 웃음을 보 인다)

아토   안? 안이면 네 집?

하잔   응.

새나   혼자 살아?

하잔   아니? 꼭 밖이 시끄럽다고 안까지 시끄러워야 하나.

새나   그건 그렇지. 그래도 늘 조용하진 않을 거 아냐. 가족끼리 모여 서 밥을 먹을 때나 쉴 때나… 뭐 이럴 때는 말소리가 끊임없지. 집은 그런 거 아니겠어?

아무 말 없이 어색하게 고개만 끄덕이는 하잔. 정적. 하잔의 시선이 새나의 상자들로 향한다. 새나는 그런 하잔을 보고 씩 웃는다.

새나   작은 건 1000원, 중간 크기는 3000원, 큰 건 5000원이야.
하잔   (갑자기 들리는 새나의 목소리에 놀라) 응? (무슨 의미인지 알고) 아 그렇구나.
새나   (상자를 주먹으로 두들기고) 나름 튼튼하고 (손으로 쓸어보고) 코팅이 되어 있어서 물이 묻어도 금방 젖지 않아. 아마 15일은 끄떡없을 걸? 색깔은 갈색이랑 지금은 없지만 흰색도 있어. 흰색이 화사하니 예뻐서 잘 나가. 근데 금방 까매져서 여분으로 하나 더 사는 게 좋지.
하잔   (주저하며) … 괜찮아?
새나   어떤 게?
하잔   상자에서 지내는 거.
아토   안 좋을 건 없지. 어디서 지내는지가 중요한 게 아니니까.
하잔   그러면 뭐가 중요한데?
새나   공간 말고도 중요한 건 정말 많잖아.

잠시 생각에 빠지는 하잔. 아토와 새나는 하잔을 아무 말 없이 본다. 하잔은 꽤 오랫동안 생각한다. 새나, 자리에서 일어나 옷을 한 번 툭툭 턴다.

새나   이제 가봐야겠다. (손목에 시계가 없지만 왼쪽 손목을 들어 시간을 보는 척하며) 시간이 많이 지났네. 그래도 다행히 아직 몇 개는 더 팔 수 있겠어.
아토   다음에도 또 얘기하자. 아마 일주일 뒤에 우리도 상자 사야할 것 같아. 그때 한번 들려.
새나   그럴게. (아직도 멍한 하잔에게) 다음에도 볼 수 있었으면 좋겠다.

그때는 네 얘기 좀 더 해줘.

하잔은 새나를 올려다보며 웃는 걸로 인사를 대신한다. 바닥에 있던 상자를 주워 나머지 상자들과 함께 한쪽 팔에 끼운 뒤 나머지 손으로 둘에게 손 인사를 한다. 그리고 뒤를 돌아 걸어간다.

새나   (큰 소리로) 상자 보세요! 작은 건 1000원, 중간은 3000원, 큰 건 5000원이에요!

사람들에게 아까처럼 말을 걸며 상자를 파는 새나. 왔던 길 반대 방향으로 걸어간다. 새나의 상자 파는 소리도 점점 작아지다 들리지 않는다. 아토와 하잔은 새나가 간 방향을 바라본다. 그러다 하잔은 시선을 돌려 아토를 쳐다본다.

하잔   새나가 했던 말⋯ (사이) 정말 그렇게 생각해?
아토   어떤 거?
하잔   공간이 다가 아니라는 거.
아토   (잠시 고민하다) 사실 어디든 뭐가 중요해. 같이 있는 사람이 중요하고 소중한 거잖아. 그걸 잊고 장소에만 연연하기엔 너무 삭막할 거 같지 않아? (고개를 돌려 도시를 쳐다본다) 저긴 색이 사라졌어.
하잔   같이 있는 사람⋯ (사이) 근데 정작 그 사람들이 모를 수도 있잖아.
아토   뭘?
하잔   사람이 전부라는 걸. (조심스럽게) 그럴 때는 어떻게 해야 하는데?

아토	말해줘야지. 더 늦기 전에. 늦게 알아버릴수록 더 공허할 거야.
하잔	너는 아무것도 모르는구나. (하잔의 고개가 숙여진다)

아토, 하잔이 말을 할 때까지 가만히 기다려준다.

하잔	그걸 몰라서 말하지 못하는 사람은 없을 걸. 그냥 잠깐 미뤄두는 거야.
아토	틀렸어. 앞뒤가 안 맞잖아. 아는데 왜 미뤄. 그건 못하는 게 아니라 안 하는 거야. 두려워서. (사이) 아니면 정말 모르거나.
하잔	(말에 힘이 들어가며) 알아. (아토를 살짝 노려보며) 아는데 못하는 거야.
아토	지금 너를 보면 안 하는 거 같은데? (팔짱을 끼고) 내 말이 틀려?

하잔은 아무 말도 하지 않고 씩씩대며 노려본다.

아토	(꼈던 팔짱을 풀며 한숨을 쉰다) 그러니까 말하라고. 네 부모님한테.
하잔	(당황한 듯) 알았어?
아토	모를 거라 생각했어? 네가 이렇게나 진심으로 말하고 있는데?

둘 사이에 어색한 침묵만 흐른다. 시간이 조금 흐르고 하잔이 입을 연다.

하잔	부모님은?
아토	아직.
하잔	일 나가셨어?
아토	아빠는. 엄만 오늘 쉬는 날인데 약속이 있어서.

하잔	쉬기도 하시는구나.
아토	응?
하잔	아니 신기해서… (사이) 넌 집에 들어와서 가장 먼저 하는 게 뭐야?
아토	(잠시 생각에 빠지다가) 인사?
하잔	나는 불을 먼저 켜.
아토	왜?
하잔	깜깜해서. 너무 집 안이 어두워서 앞이 안 보여. 어떨 때는 부딪힐까봐 손으로 더듬거리면서 불을 켜. (피식 웃고) 우습지?
아토	매일 그래?
하잔	… 거의? 먼저 집에 들어가는 사람이 나니까. (열쇠 꾸러미를 보여주며) 그래서 이 열쇠들도 나한테 있는 거고. 원래 처음에는 이렇게까지 많지도 않았어. (사이) 근데 어느 순간 이렇게 늘어있더라. 다 나를 위한 거래.
아토	(열쇠 꾸러미를 보다가 다시 하잔을 보며) 그다음은? 불을 켠 다음엔.
하잔	인사해.
아토	누구한테?
하잔	허공에다가. 인사를 해야 집에 들어온 것 같거든.
아토	그리고?
하잔	멍하니 앉아있어. (사이) 아니 멍하니는 아니다. 머릿속에는 늘 이따 부모님이 집에 오면 하고 싶은 말을 고르고 있으니까. 오늘은 뭘 했고 뭘 먹었고. 그냥 그런 얘기들.
아토	시간 잘 가겠다.
하잔	그치만 생각할 때랑 말할 때랑 완전 다르지. 말을 할 때 훨씬 시간이 빨리 가잖아. 오히려 부족해서 매번 끝까지 못해. 그러면 내일 이어서 해야지 생각하는데 내일은 또 다른 일이 일어

나니까. (사이) 결국엔 못하고 잊어버려.

아토   잊어버리기 전에 나한테 하나 해봐.

기분이 좋은지 표정이 눈에 띄게 밝아진 하잔. 잠깐 생각하는가 싶더니
해줄 말이 떠올라 아토 쪽으로 몸을 완전히 튼다. 아토도 하잔에 맞춰서
몸을 틀어 마주 본다.

하잔   언젠가 내가 꿈을 꿨는데 소라게가 된 적이 있어.

아토   소라게?

하잔   응. 소라껍데기 들고 다니는 게 말이야. 눈을 떴는데 내가 소라
          게인 거야. 바닷속을 헤엄쳤어.

아토   걷는 게 아니고 헤엄을 쳤다고?

하잔   (어깨를 으쓱이며) 뭐 어때. 꿈인데. (자리에서 일어나 헤엄치는 시늉
          을 하며) 헤엄을 치다 힘들면 껍데기 안에 들어가서 쉬고 또 심
          심해지면 나와서 다시 돌아다녔어. (상자 밖을 한 바퀴 빙 돌다가
          멈춰서) 그러다가 내가 갑자기 커버린 건지 껍데기가 작아져서
          들어갈 수가 없는 거야. (다시 자리에 앉는다) 어쩔 수 없이 버렸
          어.

아토   껍데기를 버렸다고?

하잔   응. 그리고 다시 내 몸에 맞는 껍데기를 찾으러 다녔어.

아토   그래서 찾았어?

하잔   내 몸에 맞는 껍데기? (잠시 생각하다가) 몰라 나도. 그 전에 꿈에
          서 깼거든.

아토   찾았으면 좋겠다. 꼭 맞는 집.

하잔   찾았을 거야.

아토   어떻게 확신해?

하잔   그냥 느낌이 그래. (사이) 그러고 보니까 닮은 것도 같다. (아토의 얼굴에 가까이 가며) 너랑 소라게.

하잔의 말에 아토가 상자를 뒤집어쓰고 천천히 기어 다니는 행동을 취하며 소라게 흉내를 낸다. 그런 아토를 보며 하잔이 크게 웃는다. 아토도 따라 웃는다. 한참을 같이 웃다 하잔, 기지개를 켠 뒤 다리를 쭉 펴고 편하게 앉는다. 아토도 하잔을 따라 편한 자세를 잡는다. 만족한 듯 얼굴에 미소가 지어진 하잔.

하잔   끝도 없다. 역시 말할 때가 제일 시간이 잘 간다니깐.

아토   듣는 것도.

하잔   … 나는 많은 걸 바라는 게 아닌데.

아토   그러면?

하잔   재밌어하는 표정, 궁금해서 재촉하는 눈빛. 뭐 그런 거? (사이) 근데 피곤함 앞에선 다 소용 없나 봐.

아토   피곤하면 매일이 똑같아 보인데.

하잔   넌 그걸 어떻게 알아?

아토   들었어.

하잔   그 말 맞는 거 같아. (사이) 옆에서 보면 매일 같은 걸 먹고 같은 일을 하고 같은 집에 와서 잠을 자고, 또 같은 시간에 집에서 나가. (작게 한숨을 내쉬고) 도대체 뭘 위해서 그러냐고.

아토, 말없이 하잔의 말을 듣는다. 하지만 중간중간 어깨를 토닥여주거나 듣고 있다는 걸 알려주듯 고개를 끄덕이며 반응을 보인다.

하잔 다 쓰지도 못하는 방은 왜 이렇게 늘려. 그럴 거면 집에 오래 있어야 하는 거 아니야? 허울뿐인 방은 필요도 없다고. 방이 많으면 뭐해 정작 그 안에 사람이 없는데. (잠깐 말을 멈췄다가 중얼거리듯) 나는 진짜 집이 필요하다고…

이때 멀리서 다급한 발소리가 들려오고 곧이어 하잔의 부모가 모습을 보인다. 하잔과 아토는 소리를 듣고 뒤를 돌아본다. 하잔을 발견한 두 사람은 걸어온다. 하잔의 부모는 화가 난 듯 보인다. 하잔은 자리에서 일어난다. 그 모습을 가만히 지켜보는 아토. 부모는 하잔과 아토를 번갈아 쳐다보다가 하잔에게 화를 낸다.

엄마 (큰소리를 치며) 한참 찾았잖아! 너 때문에 집에도 못 들어가고. 이게 뭐야 지금 이 시간까지!

아빠 (하잔의 몸 여기저기를 살피며) 열쇠는. 열쇠는 안 잃어버렸지? 열쇠 어딨어?

하잔 (인상 쓰며) 걱정 마. 잘 가지고 있으니까. (두 사람에게서 한 발짝 뒤로 떨어진다) 근데 열쇠 찾으러 온 거야?

엄마 그야 당연히!

하잔 (엄마의 말을 끊고) 열쇠지. 알아. 기대하고 물은 건 아니야. (낮은 목소리로) 그치만 열쇠보다는 나한테 먼저 괜찮냐고 물어봐야 하는 거 아니야?

아빠 (하잔을 달래며) 우리는 열쇠를 잃어버리면 집에 못 들어가니까. 그러면 난감하잖아.

하잔 집을 잃어버릴까 봐 불안한 건 아니고?

아빠 무슨 말을 그렇게 해!

하잔 맞잖아. 내 역할은 열쇠를 지키는 일이야. 그리고 그 열쇠는 집

	을 지켜주지. 아무도 못 들어가도록.
엄마	비아냥거리지 마.
하잔	나는 내가 왜 집을 지켜야 하는지 모르겠어. (잠시 멍하니 있다가 이내 울먹이며) 집은 나를 지켜주고 보듬어줘야지.
엄마	일단 집으로 가자. 가서 얘기하자. 내일은 일찍 나가야 해 아빠도.
하잔	싫어. 혼자잖아. 결국에는 또 혼자야 나는. (사이) 나는 엄마랑 아빠를 보고 있는데 둘은 집을 보고 있어. 항상 집만 생각하고, 집만 걱정하고. (소리치며) 나는 바보같이 그걸 아는데, 알고 있는데도 말을 할 수가 없어!
엄마	대신 남들이 못 가지는 큰 집이 있잖아. 갖고 싶어도 못 갖는 집.
하잔	아니. (흐르는 눈물을 닦고 감정을 가라앉히며) 우리가 갖지 못했어. 남들은 쉽게 갖고 있는걸. 우리는 놓쳤지. (사이) 아직도 그걸 모르면 어떡해.
아빠	못 갖고 있는 게 뭐야. 남 부러울 거 없이 다 갖고 있어. 큰 집, 차, 비싼 옷. 우리는 다 너를 위해서 그러는 건데 그 정도는 네가 이해해야지.
하잔	(덤덤하게) 그거 알아? 한 달에 한 번 대출금 갚고 외식하러 갈 때 매번 같은 식당에 가는 거. (사이) 그래도 아무 말도 안했어. 그 시간이 좋았거든.
엄마	그건… 정말 몰랐어. (사이) 미안해. (하잔의 머리를 쓰다듬으며) 하지만 하나를 얻으려면 포기하는 것도 있어야 해.
하잔	우린 뭘 포기했는데?
아빠	포기했다기보다… 도시에서 알아주는 건 사람보다 넓은 집이야. 도시에서 사는 사람들 모두 근사한 집을 원하잖아. 우린 그

사람들이 원하는 걸 갖고 있고.

하잔 나는 집이 아닌 사람을 원해. 많은 방이 아니라 북적이는 방 한 칸이면 된다고.

아빠 뭐?

하잔 집이 먼저가 아니고 사람이 먼저야. 집은 공간일 뿐이야. 밥 먹고 잠자고 쉬는 곳. 그 이상이 되어버리면 안 되지.

엄마 그 이상이 뭔데.

하잔 나보다 집이 우선인 거. 어느 순간부터 집을 물질로 취급해서 원하고. (소리치며) 겨우 넓은 집 하나 갖고 다 가졌다고 생각하는 거!

아빠 (한숨 쉬며 손으로 머리를 짚고) 방 하나 더 늘려줄게. 조금 힘들지만 네가 필요하다면 할 수 있어. (부드러운 어조로) 괜찮아. 친구 데리고 와서 놀아.

하잔 … 우리도 상자에서 살까?

엄마 (화를 내며) 저건 집이 될 수 없어! (아토가 앉아있는 상자를 가리킨다) 상자 따위가 어떻게 집이 될 수 있니!

하잔 더 좋은 걸 버린다고 생각해?

아빠 그래. 말도 안 되는 억지를 피우고 있고.

하잔 추운 집에선 살기 싫단 말이야.

아빠 또 딴 핑계 대지 마.

하잔 정말 추워. 바보같이 넓기만 하잖아.

엄마 그만해. 집에 가자.

하잔 (허리에 차고 있던 열쇠 꾸러미를 떼어내면서) 나는 이제 그만할래. 무겁고 힘들어. (두 사람의 눈을 보며) 그러니까 그만해도 돼. 충분해. 정말이야.

엄마	(열쇠를 가리키며) 열쇠 조심해. 다시 넣어놔.
하잔	이거 봐. (뒤에 앉아있는 아토에게) 그렇게 얘기했는데 아직도 열쇠 타령이잖아. (손에 들린 열쇠로 시선을 옮겨) 이런 거 누가 가져간다고.
아빠	안 되겠다. (하잔에게 손을 뻗고) 그거 이리 줘 당장.
하잔	필요 없어 이제. (손에 있던 열쇠 꾸러미를 땅에 버린다)

열쇠가 떨어지며 흩어진다. 하잔의 부모는 기겁하며 열쇠를 줍는다. 하잔, 그런 부모의 모습을 보며 실없이 웃는다. 그리고 뒤를 돌아 아토에게 간다. 아토도 자리에서 일어나 상자를 손에 든다.

하잔	이제 어디로 가? 나 어디로 갈지 모르겠어.
아토	(어깨를 으쓱이며) 나도 몰라.
하잔	그게 뭐야.
아토	그래도 찾았잖아.
하잔	뭘?

아토, 들고 있던 상자를 하잔에게 건넨다. 하잔은 상자를 받아 팔에 끼운다.

아토	껍데기. (하잔에게 웃으며) 갈까?
하잔	가자.

하잔과 아토는 부모의 반대 방향으로 걸어나가다 이내 무대 밖으로 사라진다. 무대 위에는 땅에 떨어진 열쇠를 찾는 부모만 남아있다. 암전.

막.

■ 당선소감

　문예창작과에 오고 처음 해보는 것들이 정말 많았습니다.

　글 한 편을 완성해보고 합평을 받고, 모든 게 처음이라 많이 주저하고 소극적이었습니다. 후회하고 주저앉기를 반복하며 지금 많은 것을 깨고 성장한 것 같습니다. 앞으로도 계속해서 스스로를 깨가며 나아가겠습니다.

　감사한 분들이 참 많습니다. 우선 전성희 교수님, 교수님의 수업으로 상자소년을 구상하고 그려나갈 수 있었습니다. 감사드립니다. 그리고 글을 어떻게 쓰고 어떤 마음으로 써야 하는지 방향을 잡게 도와주신 이경교 교수님과 한혜경 교수님을 비롯한 저희 과 교수님들께도 감사드립니다. 흔들릴 때마다 저를 잡아준 제 동기들과 친구들에게도 고맙습니다. 덕분에 든든합니다. 그 밖에도 저를 가르쳐주신 선생님과 제 곁에 있는 분들 모두 감사합니다. 마지막으로 부족한 제 글을 봐주신 심사위원 분들과 경상일보 모든 관계자분들께 감사하단 말씀 드립니다.

　제 집이 되어주는 가족들 사랑합니다. 항상 제 마음을 다 표현하지 못해 미안한 마음뿐입니다. 가족이 있어 단단하고 온전한 제가 되어갑니다. 늘 감사합니다.

　아직은 많이 부족하지만 경험하지 못한 것들을 차근차근 해나가며 열심히 제 글을 쓰겠습니다.

동아일보 희곡 부문 당선작

다이브

■

신윤주

1998년 인천 출생
명지전문대 문예창작과 졸업

등장인물

선민

유완

라이프가드

시설관리장

때

예년보다 기온이 높은 12월 초. 이른 오전.

무대

수영장 안. 잠깐 장외경기가 벌어지는 홀이 되기도 한다. 극 중 인물은 물 밖과 수중을 자유롭게 오갈 수 있다. 흰 조명과 푸르죽죽한 조명을 두어 차이를 드러낸다.

1장

싸한 약품 냄새, 교대 시간임을 알리는 종. 라이프가드가 지정석에서 일어나 호루라기 분다. 푸르죽죽한 조명 속 선민의 모습이 드러난다. 맥 빠진 소리 두어 번 더 들리고 나서야 수면 위로 얼굴 내민다. 가드 말없이 나오라는 듯 손짓한다. 코마개를 빼며 물 밖으로 나오는 선민. 파란빛이 목에서부터 아래로 서서히 걷힌다. 이제 흰 조명만이 무대 전체를 밝히고 있다. 곧장 가드 중앙 출입구로 퇴장한다.

선민이 어색하게 주위 살핀다. 그러다 오른쪽 창고의 작은 문 발견. 안을 뒤적이더니 매트 가지고 나와 그 위에서 자세 취한다.

선민　(해설위원 흉내 내며) 동작 매끄럽게 이어나가면서, 벤니.

점퍼 차림의 유완 등장. 타일 벽면 따라 물안경으로 툭 치며 수영장 한 바퀴 크게 돈다. 벤치에 수영모, 물안경을 던져두고 종종 선민을 흘긋댄다. 선민은 눈을 감고 자세 잡는 데 열중하고 있다.

〈시설 안내 및 비상시 대피 경로 지도〉
유완, 그 앞에서 한참 지도와 수영장 내부를 번갈아 보며 체크한다.

유완　수심 3m 풀장에, 출발대랑 레인 쭉 설치돼 있구. 저 노란 건 뭐야? 입간판? 똑바루 세워놓지두 않았네.

선민　이번엔 발레그그죠. 정지스컬 하면서 한쪽 다리를 천장 향해 90도로.

유완　다음은 대피 경로, (출입구 너머 내다본다) 들어올 때 보니까 저 오른쪽 통로는 막혀 있던데.

선민	한 다리는 직각, 남은 다리는 구부린 상태에서 종아리 한가운데가 수직으로 위치하도록.
유완	(라이프가드의 공석 발견하고) 제때 앉아있긴 하는 건지.
선민	플라밍고처럼 우아하게, 소화해냅니다.
유완	벌써 세 가지나 되네. 저건 또 뭐야?

유완은 풀 가까이 향한다. 수면에 물안경이 둥둥 떠다니고 있다. 최대한 몸을 뒤로 뺀 상태에서 팔을 뻗어보지만 역부족. 유완, 익숙하게 창고로 가더니 기다란 뜰채 하나 들고나온다.

선민	마침내, 아티스틱 스위밍 솔로 부문의 우승을 이뤄냈습니다!

피날레와 동시에 둘은 마주친다. 두 손 뻗으며 자세 유지하고 있던 선민이 흐트러진다. 유완은 물안경을 건져내다가 미끄러질 뻔한다. 엉겁결에 선민이 손을 내밀지만, 뜰채로 지탱해 알아서 중심 잡는다.

선민	(멋쩍게 손을 거두며) 교대 시간이라 들어가면 안 된대.
유완	그러려던 건 아냐. (사이) 근데 발가락만 담그는 것두 안 돼?
선민	장난치다 혼날걸.
유완	뭐 어때. 저렇게 자리 비우는 게 더 문젠데.

선민이 라이프가드의 공석을 본다. 유완은 뜰채를 바닥에 두고, 건져낸 물안경의 물기를 대충 턴다. 점퍼 주머니에 쑤셔 넣음과 동시에 접힌 종이 쪼가리를 꺼낸다.

유완	(종이 펼치며) 칸이 두 개네. 진로 희망 조사. 부모님 희망 직업,

학생 희망 직업, 월요일까지 제출 바람. 에이 씨. 귀찮게시리.

구기듯 접어 도로 점퍼 주머니에 쑤셔 넣는다.

유완   가드 언제쯤 오는지 알아?
선민   글쎄. 곧 오지 않을까.
유완   나갈 때 뭐라 안 했어?
선민   별말 없었는데.
유완   그냥 나갔다구?
선민   물속에 있느라 못 들은 걸 수도 있어.
유완   교대 시간인 건 어떻게 알았는데?
선민   눈치껏.
유완   여기 오래 다녔나 봐.
선민   오늘 첫날이야.
유완   되게 익숙해 보이는데.
선민   워낙 이곳저곳 많이 옮겨 다녀서 그런가. (사이) 얼른 들어가고
       싶어서 그래?
유완   아니, 절대.
선민   그러면?
유완   다른 할 일이 있어. 물에 들어가는 건 별루 내키지두 않아.

사이.

유완   (풀 바라보다가 한 걸음 물러나며) 파란 게 꼭, 실험 용액처럼 생겼
       잖아.
선민   그저 타일 색이 비치는 것뿐인데.

유완 말이 그렇다는 거지. 나도 알아. 뭐랄까, 보이는 것부터가 싫다는 거야. 그리구 너 손 한번 펴 봐 봐. 손바닥이 위로 오게끔.

선민, 시키는 대로 양손 내밀어 쫙 편다. 어리둥절한 모습.

유완 봐. 이렇게 손가락 불어터지는 것두. 느낌 이상하지 않아? 또 물에 들어가면 눈도 따갑구, 피부도 자꾸 간지러운 거 같구, 이 소독약 냄새두.
선민 다 이유가 있네.
유완 그냥 싫다는 건 말이 좀 안 되니까.

유완이 주머니 속 물안경, 수영장 내 지도, 쓰러진 입간판, 라이프가드의 공석을 차례대로 짚는다. 알 수 없는 행동에 선민은 고개를 갸우뚱하다 입간판을 발견하고는 바로 세운다.

유완 (다급하게) 그거 세워둘 필요 없어.
선민 응?
유완 그래야 증거가 된단 말야.
선민 1번 레인은 나 혼자 쓰는 거라 표시해둬야 하는데.
유완 단독으루?
선민 응. 연습해야 돼서 대관했거든.
유완 일단은 급할 거 없으니까 아까처럼 놔둬.

선민, 입간판을 도로 바닥에 두고 다시 매트 위로 올라간다. 유완은 그 모습을 주시하다가 입을 연다.

유완	선수인가 봐?
선민	그래 보여?
유완	엉. 근데 무슨 종목?
선민	아티스틱 스위밍.
유완	좀 낯설다.
선민	수중발레나 싱크로나이즈드는 들어본 적 있어?
유완	얼핏.
선민	명칭만 다르고 종목은 같은 거야.
유완	아아, 나 티비에서 본 적 있다. 여자들이 막 단체로 하는 거.
선민	남자 선수도 있어. 몇 안 되지만.

유완은 대충 끄덕거린다. 선민이 서서히 몸을 풀기 시작한다.

유완	그래서 말인데 이왕이면 다른 곳으로 옮겨. 그게 나을 테니까.
선민	왜?
유완	여긴 안전하지 않거든.
선민	(의아해하며) 그래?
유완	자세한 건 이따 알게 될 거야. 라이프가드 오고 나서.

유완, 출입구 쪽을 틈틈이 살핀다. 선민도 따라 고개 휙 돌려본다. 아무도 없다. 선민은 스트레칭을 병행하며 자세 연습 이어나간다.

유완	(하품하면서) 연습 안 지루해?
선민	그럴 틈이 없어.
유완	왜 없는데?
선민	신경 쓸 게 한두 가지가 아니라. 자세의 정확성이랑 표현력 말

	고도 음악에 맞춰 움직여야 하고, 숨 오래 참고, 표정 짓고……
유완	표정까지?
선민	응. 얼굴이 물 밖으로 드러나 있을 때 계속 웃음을 유지해야 하거든.
유완	힘들어 죽겠어두?
선민	못 하면 감점이야. (숨 고르며 자세 바로 한다) 근데 할 일 있다 하지 않았어?
유완	(다시금 하나씩 짚어본다) 얼추 끝났어. 이젠 물어볼 사람이 필요하지.

선민이 잠시 숨을 고른다. 유완, 갑자기 무언가 떠오른 듯 크게 손뼉 친다.

유완	나 좀 도와주라.
선민	어?
유완	너한텐 진짜 간단한 거야.
선민	연습 계속해야 되는데.
유완	잘됐네. 연습할 겸 그냥 물에 뛰어들면 돼.
선민	들어가라고?
유완	엉. 지금.
선민	아직 교대 시간이라 안 되잖아.
유완	뭐 어때. 레인 한 줄은 통째루 빌린 건데.
선민	규칙에 어긋나잖아.
유완	하지 말라면 더 하구 싶지 않아?
선민	굳이 그럴 필요 있나.
유완	더 안 기다리구 풀에서 연습할 수 있잖아.

선민	나는 그렇다 해도, 넌?
유완	이곳의 안전을 확인할 수 있어. 한 가지 실험을 통해서 말야. 너가 물에 뛰어들면 나는 사람이 빠졌다구 외칠 거야. 그렇게 대략 몇 분 몇 초 만에 라이프가드가 달려오나 보는 거지.
선민	거짓말까지 해서?
유완	그냥 하나의 해프닝일 뿐야. 실제로 누가 다치거나 위험해지는 건 아니니까.
선민	그래도 이건 좀,
유완	어차피 우리보다 가드가 더 깨질걸? 자릴 이렇게나 오래 비우고 있는데.
선민	아닌 거 같아.
유완	아까 말했다시피 나는 물을 싫어한단 말야. 드넓을수록 더욱. 게다가 그뿐만이 아냐. 이어달리기 배턴, 고장 난 스크린, 투구게의 피…… 파란빛을 띠는 건 전부 진저리가 난다구.
선민	물은 파란 게 아니라 투명한 건데.
유완	그래, 물은 무색. 암튼 너가 도와줘야 성공적인 계획이 된다니까? 딱 한 번만. 어?
선민	글쎄.
유완	됐어, 그럼. (구시렁거린다) 그 사람들 분명 교대 시간이랍시구 휴게실에서 티비나 보고 있을걸. 우리가 어떻게 되든 안중에두 없는 거지. 아예 담배 피러 밖에 나갔을지두 몰라. 만약 이러다 진짜 위험해진다면…… (선민에게) 너는 너 할 거나 해. 나 혼자 서라두 할 수 있으니까.

유완, 점퍼를 벗어 벤치에 두고 풀 앞에 선다. 몸을 푼답시고 이리저리 산만하게 움직인다.

유완	(망설이다가) 아무래두 순서를 바꿔야겠어. 일단 소리치구 인기 척이 들리면 들어가는 걸루.
선민	괜찮겠어?
유완	안 괜찮을 건 또 뭐야.

그렇지만 자신 없어 보인다. 선민, 유완의 곁으로 다가간다.

선민	채비라도 하면 훨씬 수월할 텐데.
유완	됐어.
선민	가져온 수영 도구도 저기 있잖아.
유완	머리까지는 못, 아니 안 들어갈 거야.
선민	(머뭇대다가) 아니면 상상이라도 해보는 건 어때?
유완	(구시렁댄다) 이 와중에 무슨 상상을 해.
선민	그러니까…… 누군가와 함께 물속에 있다고 떠올려 보는 거야. 혼자인 게 느껴지지 않게끔. 꼭 사람일 필요는 없어. 동물이나 식물, 아끼는 물건 같은 거. 친구가 될 수 있다면 모두 가능해.
유완	그래 봤자 가짜잖아.
선민	하다 보면 마음이 가다듬어져. 어느 순간에는 두 눈으로 직접 보는 느낌이거든.
유완	솔직히 오버 아냐?
선민	도움 될까 싶어 알려주는 거야.
유완	그럼 너가 떠올리는 건 뭔데?
선민	스텔러바다소.
유완	스텔러바다소?
선민	응. 스텔러바다소는 몸체가 굵고 고래와 비슷한 꼬리가 있어. 덩치가 엄청나지만 무섭진 않아. 타고나기를 온순하고 동료애

가 깊거든. 그래서 우리는 금세 친구가 돼. 나란히 헤엄치고, 경주하면서 함께 물속을 누비는 거야. 이기고 지는 건 상관없어. 그때만큼은 힘들기보다 즐겁거든. 아주 사소한 제약도 없으니까.

유완 어쨌든 상상만 하면 된다는 거지? (눈을 굴리며) 뭐야, 안 되는데?

선민 방법이 있어. 먼저, 눈을 감아봐. 이 상태에서 온몸의 힘을 느슨하게 푸는 거야. 긴장하지 않는 게 중요한 포인트거든. 그런 다음, 찬찬히 빗는다는 느낌으로 형상을 떠올려 봐. 저 멀리 무언가 어렴풋이 보인다면 자연스레 물의 흐름을 따라가면 돼. 팔다리를 부드럽게 젓다 보면 서서히 나아가는 느낌이 들 거야. 그렇게 내가 상상하는 대상과 점점 가까워지지. 그러면 결국 만날 수 있어. 물속에서도 편안함을 유지하는 거야.

유완이 눈을 질끈 감고 상상해본다. 그러나 도통 집중하지 못한다.

유완 (눈을 뜨며) 그려지기는커녕 어둠뿐야.

선민 연습하다 보면 익숙해질 거야.

유완 그만할래. 그나저나 아직두 생각 없어?

선민 단순히 들어가는 게 아니니까.

유완 나는 너가 시키는 대루 다 했는데.

선민 좀 이상하잖아.

유완 뭐가?

선민 아티스틱 스위밍의 기본이 물속에서 숨 참으면서 계속 움직이는 건데, 빠졌다고 하는 건……

유완 아님 당장이라두 물에 뛰어들고 싶게끔 만들어줄게. 그럼 할래?

선민   어떻게 하려고.

유완   너두 있을 거 아냐. 무작정 뛰어들고 싶을 때가.

선민   그런데?

유완   계속 담아두지만 말구 꺼내 보는 거지. 홀가분하게 털어놓으라
        구.

선민   괜찮아.

유완   괜찮긴 뭐가 괜찮아. 너 설마 없는 거 아냐?

선민   있기는 있어.

유완   언제?

선민   그다지 떠올리고 싶지는 않은데.

유완   아, 뭔데.

선민   뛰어들고 싶게끔 한다는 게 이거였어?

유완   (당당하게) 엉. 맞아.

선민   만약 다 말하고 나서도 그럴 마음이 안 생기면?

유완   그땐 안 되는구나, 하구 그만두지 뭐.

유완, 벤치에 있던 자신과 선민의 점퍼를 들고 온다. 선민은 부러 뭉그적
거린다. 그사이 유완은 매트와 뜰채를 질질 끌어 한쪽으로 치우고 있다.
라이프가드 지정석 근처에 물건이 널브러져 있는 모습.

유완   (손을 털며) 됐다.

선민   뭐 한 거야?

유완   나름대로 환경을 조성해봤지.

선민   환경?

유완   더 편하게 얘기하라구. 걸리적거리는 거 없이. 하도 생각이 많

아 보이길래 주변이라두 좀 정리했어.

선민   잘 모르겠어. 어떻게 시작해야 할지도.

유완   막 되는 대루 해. 그때 있었던 상황 말해보든가.

선민   어디서부터 꺼내야……

유완   아까 해설위원 흉내는 잘 내더만. (뭔가 생각난 듯) 아님 이런 식으루 할까?

둘은 대화를 주고받으며 상의한다. 이윽고 어떤 반주가 어렴풋이 흘러나온다. 선민이 몹시 당황했는지 주위를 살핀다. 유완은 태연하게 선민의 등을 떠밀며 같이 퇴장. 그와 동시에 반주 끊긴다. 무대 어두워진다.

2장

같은 곡이지만 이번엔 반주가 아닌 정식 음악과 함께 무대 밝아진다. 유완이 넓은 보폭으로 와 한쪽에 선다. 누구와 이야기하듯 고개 돌려가며 입을 벙긋거린다. 뒤이어, 선민 쭈뼛대며 등장. 상황에 따라 무대는 수영장이 되기도 경기장 로비 홀이 되기도 한다.

선민   (관객석을 바라보며) 어…… 첫 경기를 마치고 나왔는데요. 이곳에서도 시합 때 썼던 음악이 계속 들리는 거 같아요. 아직 실감나지 않아서일까요? (유완을 보며) 저쪽, 로비 홀에 사람들이 무언갈 중심으로 둥글게 모여 있네요.

유완이 여러 방향으로 몸을 돌리며 홀로 원을 표현한다.

선민   내키지 않았지만 제 발로 다가갈 수밖에 없었어요. 노랫소리의 근원지가 바로, 저기인 듯했거든요. 더불어 귀에 익은 목소리도 함께. 저 어깨너머로는 마치 경기의 연장선인 마냥 대화가 진행되고 있었어요. 선수의 측근으로 구성된 판이요.

유완 (선민의 엄마 역 - 부러 호들갑 떨며) 왔어, 우리 아들? 오늘 너무 수고 많았어.

유완이 두 팔을 활짝 벌리지만, 선민은 옆으로 피해 선다.

유완 (선민의 엄마 역 - 캠코더를 들어 보이며) 기다리는 동안 경기 영상 모니터하구 있었어. 아, 배고프지? 뭐 먹구 싶은 거 있어? 말해 봐. 엄마가 다 사줄게.

선민 (조금 놀란 기색으로) 방금 진짜 우리 엄마랑 비슷했어.

유완 뭐야 벌써부터. 집중해, 집중.

선민 (다시 관객석을 바라보며) 어, 저는 얼른 돌아가 쉬고 싶을 뿐이었어요. 경기장 로비에서 시간을 더 흘려보내고 싶지 않았거든요. 그래서 엄마를 데리고 서둘러 자리를 벗어나야겠다 싶었는데……

유완 (선민의 엄마 역) 정말 대단하지 않아요?

선민 제 등장이 오히려 발화점이 된 거죠.

유완 (선민의 엄마 역) 글쎄 아티스틱 스위밍 시작한 지두 사실 얼마 안 됐어요. 경력? 이제 막 반년 넘었구 오늘이 첫 경기. 네, 듀엣. 다들 보셨죠? 본선 가볍게 올라갔잖아요. 다음번엔 또 얼마나 잘할지 벌써 기대된다니까요.

선민 엄마가…… 자랑을 늘어놓기 시작했어요.

유완 (선민의 엄마 역) 책임감은 또 어찌나 넘치는지. 지금까지 연습 거른 적이 하루도 없어요. 저 나이대 남자애들은 학원 빼먹구 몰래 놀러 나가는 게 일상이라던데 구경두 한 번 못 해봤잖어

	요. 애가 워낙 우직해서 그런가.
선민	엄마를 한번, 그리고 나를 한번. 훑어보는 시선이 적나라하게 느껴졌어요.
유완	(선민의 엄마 역) 잔소리해 본 적두 딱히 없는 거 같아요. 아휴, 그저 잘할 거라 믿는 거죠. (선민의 어깨에 손 올리며) 알지?
선민	점점 더 이목이 쏠렸어요. 출전 선수 중에 유일한 남자여서 그런 거라고 속으로 되풀이했어요. 그러지 않으면……
유완	(선민의 엄마 역) 영재. 그래, 유망주까지. 기사 난 거 봤죠? 호평뿐만 아니라 벌써 이런저런 타이틀두 얻었다니까요?

사이.

선민	이때였던 거 같아.
유완	엉?
선민	당장이라도 뛰어들고 싶었던 순간.
유완	그래그래. 아직 다 안 끝났으니까 마저 할까?
선민	이만하면 된 거 같아.
유완	(기대에 찬 눈빛으로) 지금 뛰어들래?
선민	아직 그 정도까지는 아닌데.
유완	그럼 계속해. 흐름 끊기면 안 되니까. 시작.

사이.

| 선민 | (다시 관객석을 바라보며) 견제와 자랑 같은 것들이 뒤섞여 오고 갔어요. 엄마는 다른 사람에게 공감하는 척 제 자랑을 하고, 의견이 다를 때도 제 자랑을 덧붙였죠. |

유완	(선민의 엄마 역) 맞아요. 파트너 운도 굉장히 중요하죠. 중간에 바뀌면 엄청 고생하는 거잖아요. 다행히 우리 아들은 파트너랑 별 탈 없이 잘 지내구 그래요.
선민	……끊임없이.
유완	(선민의 엄마 역) 뒷바라지 여간 힘든 게 아니죠. 진짜 돈은 돈대로 들구. 건강이랑 몸 상하지 않게 잘 챙겨야 하구. 애보다 한 발 먼저 움직여서 예약하구 연습 데려다주구. 영상 찍어서 모니터링해야 되구. 그래두 쏟아부은 만큼 결과가 나오니까 다행이지 뭐예요.
선민	이제 그만하자.
유완	(선민의 엄마 역) 곡 선정하는 데에두 제가 좀 일조하지 않았나 싶어요. 우리 애가 잘하면서 어울리는 느낌으로 딱. 파트너두 단번에 오케이 하더라니까요? 센스 있다구. 이거 하나 찾으려구 장르란 장르는 싹 다,
선민	(말 자르며) 제발 그만.

그제야 유완은 말을 멈춘다. 선민, 한동안 가만히 굳어 있다.

유완	내가 연기를 좀 잘하긴, 했나 봐.
선민	중간쯤부터 목소리가 겹쳐 들릴 정도였어.
유완	기분이 썩 좋진 않네.
선민	생각보다 별거 아니지.
유완	뭐가?
선민	그 순간 말이야.
유완	너가 별거라고 생각하면 별거인 거지.
선민	그런가.

유완   이젠 어때? 좀 뛰어들고 싶어졌어?

선민   조금.

유완   마침 물두 딱 눈앞에 있네.

유완, 선민이 점퍼 벗자 얼른 챙겨 든다. 지켜보는 모습이 들떠 보인다. 선민은 코마개를 착용하며 풀 앞에 선다.

유완   준비됐지? 3, 2, 1.

물속으로 가볍게 들어가는 선민. 순식간에 파란 조명이 몸 전체를 감싼다. 유완은 기다렸다는 듯 냉큼 외친다.

유완   사람이 물에 빠졌어요! 도와주세요! 네? 누구 없어요? 아, 위험하다구요. 얼렁요.

목이 터져라 소리치지만 돌아오지 않는 반응에 유완, 당황한다. 그럼에도 연기 톤으로 주저리주저리 말을 잇는다.

유완   어떡하지? 뭐 던질 거라두 없나. 저기요, 누구 없어요? 라이프 가드는 어딜 간 거야? 나 수영 못 한다구요. 당장 일루 좀 와봐요!

아무도 달려오지 않는다. 유완, 안절부절못하다가 점퍼를 벗어 발치에 둔다. 고민 끝에 풀 사다리를 부여잡고 겨우 몇 칸 내려간다. 유완의 무릎쯤에서 일렁이는 물. 이때 선민이 수면 위로 고개 내민다.

선민 (깜짝 놀라며) 너 왜 그러고 있어?

유완 오기 생기잖아. 고래고래 소리 지르는 데두 어떻게 안 올 수가
      있냐.

선민 괜찮은 거야?

유완 아직은. (사다리 한 칸 더 내려가며) 아, 몰라. 금방 오겠지?

이제는 유완의 허리춤까지 차오른 물.

유완 아씨. 죽겠네. 벌써 2분도 더 된 거 같은데. (다시 소리친다) 아,
      사람 살려요!

선민 나 혼자 있어도 되니까,

유완 (속사포로) 버텨볼 거야. 어떻게 들어온 건데.

그것도 잠시. 유완, 견디지 못하고 급히 나와 주저앉는다. 선민은 난간에
상체를 기댄 채 풀 속에서 유완을 살핀다.

유완 (숨 고르고는) 확실해졌어.

선민 응?

유완 그만둘 수 있겠다구. 이제 더 억지로 안 다닐 거야.

선민 잘 된 거지?

유완 그렇다 쳐. 와, 근데 아무리 사람 뜸한 아침이라두 그렇지. 진
      짜 너무한 거 아냐? 아예 신경을 안 쓰는 게 말이 돼?

선민 그러게.

유완 역시 내 예상이 제대루 들어맞았어. 여긴 안전하지 않아. 아니
      안전 따위 없는 걸지두. 너두 내 말 잊지 말구 꼭 옮겨.

선민 ……못 옮기지 않을까 싶은데.

유완	다 알면서 그냥 다니겠다구?
선민	규격에 맞는 풀 찾기도 쉽지 않고. 이미 많이 옮겨 다니기도 해서.
유완	불안하지두 않아?
선민	……하지.
유완	근데?
선민	워낙 여러 가지를 고려해봐야 하니까. 허락도 받아야 되고.
유완	(점퍼 주머니 뒤적여 구겨진 종이를 펼친다) 원래 나두 이거 다 채워서 내야 되거든?
선민	진로 조사네.
유완	엉. 근데 안 할 거야. 꿈 없으면 이상한 취급하는 거 같잖아. 기분 나빠. 꿈이 꼭 있어야 하는 건가. 여기 보면 부모님 희망까지 물어보는데 진짜 웃긴다니까.

헛웃음 짓는 유완. 조용해지자 자연스레 창 너머 바라본다. 묘하게 다른 시선의 둘. 바깥에서는 비가 추적추적 내리고 있다.

선민	비 오나 봐.
유완	아침 뉴스 일기예보에선 분명 오후에 눈이랬는데. 맞는 게 하나 없네.
선민	내리는 도중에 녹은 걸지도 모르지.

3장

새로운 라이프가드 등장. 아까와 다른 인물이지만 한 명이 연기해도 무방하다. 편안한 복장에 특징이라곤 하나 없어서 지정석에 앉는 걸 보고 나서야 라이프가드임을 눈치챌 수 있다. 유완이 벤치에서 벌떡 일어나 곧장

그에게로 향한다. 선민은 몸을 어정쩡하게 일으키기만 한다. 라이프가드, 지정석에 다리 꼬고 앉아 핸드폰만 만지고 있다.

유완   왜 이제 오세요?

가드   (슬쩍 보고는) 교대 시간이었잖아.

유완   아까…… 계속 부르는 소리 못 들었어요?

가드   교대 준비하느라.

유완   교대만 하구 바로 온 거 맞아요?

가드   중간에 처리할 일이 잠깐 생겼었지.

유완   무슨 일이요?

가드   위에서 시킨 일.

유완   그니까 그게 뭔데요?

가드   내부 지시라 함부로 말하면 안 돼. 일해야 하니까 방해 말고 가서 수영이나 하렴.

유완   저 노란 입간판두요.

가드   저게 어쨌다고?

유완   다시 제대루 세워 두셔야죠.

가드   지 혼자 넘어갔겠지.

유완   누가 걸려 넘어지기라두 하면 어쩌려구요.

가드   알았다. 곧 세워둘게. (말과 달리 움직이지 않는다) 요즘 애들은 참, 알아서 잘 피해 다닐 것이지.

라이프가드가 저리 가라고 손짓한다. 유완, 출입구를 다시 내다보더니 선민을 부른다. 이번에는 같이 라이프가드 앞으로 향한다.

유완   복도 오른쪽 통로 아직두 막혀 있네요?

가드	아, 그거. 천장에 물이 샌다던가.
유완	뭐 더 안 하세요? 겨우 테이프만 쳐 났던데.
가드	그게 돼 있는 거잖니.
유완	대피 경로가 하나 줄어드는 건데 안내문이라두 붙여야죠.
가드	여기선 그럴 일 없단다.
유완	갑자기 일어날 수 있는 거잖아요.
가드	복도 천장서 물새는 걸 어쩌겠니. 시간이 지나면 낡는 거고, 낡으면 새는 거란다. 누가 일부러 그런 것도 아닌데 유난 떨 거 없지.
유완	저기요.

사이. 선민, 유완과 라이프가드 사이에서 난처해 보인다.

유완	저 사실 물에 들어갔었어요.
가드	(그제야 유완을 제대로 쳐다본다) 뭐라고?
유완	교대 시간에 말예요. 여기 풀장에.
가드	들어가면 안 되는 건데?
유완	전 타임 라이프가드가 별말 안 했다던데요. (선민에게) 아까 그 사람 어떻게 했나 설명 좀 해봐.
선민	어, 호루라기 소리가 들리길래 물 밖으로 얼굴 내미니까 나오라고 손짓한 게 전부였어요.
가드	제재했네.
유완	교대 시간이니 물에 들어가면 안 된다, 말루 해줬어야죠.
가드	말했을지도 모르지.
유완	물속에 있었다는데 그걸 어떻게 들어요?
가드	호루라기 소리는 들었잖아?

선민 그건 겨우 들은 거예요. 물속에 있을 때는 소리가 어느 정도 차
단돼서 잘 안 들리거든요.

가드 적당히 눈치챘어야지. 어차피 암만 규칙 지키라고 말 늘어놔봤
자 다들 귀담아듣지도 않으니. 다음부턴 그러지 마라.

유완 그게 다예요?

가드 아, 그리고 이 매트랑 뜰채 너희들이 쓴 거면 저리 좀 치울래?

가드가 발로 살짝 민다. 유완이 뜰채를 주워 막대 부분으로 바닥을 딱딱
치는 동안 선민은 매트를 정리한다. 둘은 각자 썼던 물건을 창고에 넣어
놓고 나온다. 라이프가드는 어느새 자리에서 일어나 출입구 쪽으로 슬렁
슬렁 움직인다.

유완 이번엔 어디 가시는 거예요? 벌써 또 교대?

선민 물에 들어가면 안 되나요?

가드 어. 안 된다. 일이 생겨서 처리하러 가야 해.

선민 레인 대관 어쩌지.

유완 맞네. (가드에게) 얘, 레인 빌려놓고 아까부터 지금까지 제대루
쓴 적이 없어요. 대관은 시간으루 따지던데 그냥 돈 날리라는
거예요?

가드 (쩝 소리 낸다) 한 명은 물에 들어가도 좋아. 대신 다른 한 명이
지켜보고. 다른 사람 오는 거 같으면 안 들어간 척해라.

라이프가드 뒤도 돌아보지 않고 나간다. 유완과 선민, 어이없어한다. 다
시금 비어 있는 지정석. 유완이 그 자리를 노려보다가 털썩 앉아본다. 앉
은 상태로 자꾸만 엉덩이 들썩거리며 고개 치켜든다. 이번에는 선민이 앉
더니 유완과 똑같이 행동한다. 동시에 고개 젓는다. 어디선가 들려오는

발소리. 라이프가드 급하게 뛰어온다. 아까 보지 못했던 빨간 모자 쓰고
조끼를 부랴부랴 입는다. 잠시 후, 시설관리장의 등장.

관리장 별일 없지요? 오는 길에 보니까 통로 하나가 막혀 있던데.

가드 (지정석에서 벌떡 일어나며) 오셨습니까. 아, 통로는 안 그래도 제
가 시설관리부에 연락해두려고 했는데.

유완 하긴 개뿔.

관리장 했는데?

가드 당장 다녀오겠습니다.

관리장 됐어, 급할 거 없어. 하던 일은 계속해야지요.

가드 예. 그럼 이따 교대할 때 바로 일러두겠습니다.

관리장 그래요. (수영장을 샅샅이 살핀다. 조명으로 훑고 지나가는 듯한 효과)
근데 저기 쓰러져 있는 건 뭐죠?

가드 (달려가 입간판 세우며) 거치 다리가 약한지 자꾸 쓰러지지 뭡니
까. 제가 지속적으로 바로잡고 있습니다.

유완 진짜 뻔뻔스럽긴.

선민 좀 소름 돋았어.

관리장 저게 뭔데요? 입간판?

가드 그렇습니다.

관리장 강습 중. 누가 강습 중인가?

가드 아, 그건 아니고 (선민을 가리키며) 저 친구가 레인 하나를 대관
해서요.

관리장 그 아크로바틱 한다던?

선민 아티스틱 스위밍이에요.

관리장 말이 헛나왔네. 그래요. 연습하기에 참 훌륭한 환경이지요?

선민 네? 그게……

유완   (냉큼) 별로예요.

선민   조금 그렇긴 한데.

관리장 (듣지 않고 고개 돌린다) 민원은 당연히 없었겠죠?

선민   저기요.

가드   (끼어들지 말라는 눈빛으로) 물론입니다. 라이프가드가 받는 훈련
       이 워낙 체계적이지 않습니까. 현장에서도 군더더기 나오지 않
       게끔 하고 있습니다.

유완   (선민에게) 너두 별로라는 말 아녔어?

선민   그렇다고 한 건데 물어봐 놓고 안 듣네.

관리장 조만간 안전 인증받을 곳인데 당연히 그래야 하지 않겠어요?

가드   예. 그렇습니다.

유완   안전 인증 같은 소리하구 있네.

관리장 회원들한테 규칙은 잘 숙지시키고 있고?

유완   저기요.

가드   (목소리 점점 커진다) 예. 틈틈이 하고 있습니다.

관리장 잠깐. (유완 보며) 얘기 중인 거 안 보여요?

유완   민원 있거든요. 사실 아까 교대 시간에 물에 들어가기도 했었
       구요.

관리장 그럼 규칙 위반 아닌가?

유완   그치만 라이프가드가 들어가지 말라는 말두 안 했어요.

선민   별말 못 들었어요.

관리장 (가드에게) 사실이에요?

가드   그게, 제 타임이 아니라 직접 보지는 못했습니다만 가이드라인
       이 있으니 분명 제재했을 겁니다. 물에 들어갔다는 것도 확실
       치 않아서……

유완   봐요. 아직 물기 남아 있잖아요. 라이프가드는 규칙 한 번 알려

주기는커녕 거의 자리에 없었구요. 그 사이에 무슨 일이라두 났으면 어쩌려구 그래요?

관리장　안 들어갔으면 아무 문제 없었겠지요.

유완　막 소리쳐두 안 오던데요? 한참 기다렸는데. 저기요부터 시작해서. 누구 없냐구. 도와달라구. 사람 살리라구.

사이.

유완　전부 문제투성이라구요.

관리장　(한숨 쉰다. 가드에게) 따라와요.

유완　저희한텐 할 말 없으세요?

관리장　다른 사람들 귀에 들어가지 않도록 해요.

유완　이렇게 넘어간다구요?

관리장　지금 나도 넘어가 주잖아요.

유완은 말을 잇지 못하고 고개 숙인다. 관리장, 가드에게 계속 뭐라 말하며 밖으로 나가려 한다. 선민이 그런 유완의 어깨를 두드리며 속삭인다.

선민　나, 뛰어들고 싶어졌어.

유완이 찬찬히 고개 들며 손가락 싸인 보낸다. 선민, 풀로 뛰어든다. 이내 유완도 사다리를 부여잡고 들어간다. 관리장과 가드가 출입구 앞에서 고개 돌림과 동시에 무대 어두워진다. 조명이 유완과 선민만을 비춘다. 유완은 사다리 잡은 손까지 완전히 놓아본다. 하지만, 수심이 깊어 발이 닿지 않자 서둘러 난간을 부여잡는다. 이제는 목선까지 차오른 물. 유완의 호흡이 불안정해진다. 선민이 재빨리 다가간다.

선민	아까 기억나지? 지금 그렇게 상상해보는 거야.
유완	(눈을 꼭 감고) 저 멀리 뭔가 있긴 한데.
선민	그 친구의 이름을 불러 봐. 더 빨리 만날 수 있을지도 몰라.

사이.

유완	나 좀 위로 올려주라.

선민의 도움을 받아 간신히 풀 밖으로 나오는 유완. 바닥을 기다시피 움직이며 물과 거리를 둔다. 그들의 곁으로 관리장과 가드 뛰어오고 있고 암전.

4장

다시 밝아지는 무대. 유완과 선민, 점퍼를 걸친 채로 벤치에 나란히 앉아 있다.

선민	아직 많이 힘들어 보여.
유완	물 공포증 있어서 그래.
선민	발 안 닿아서 더 버티기 어려웠을 텐데.
유완	죽는 줄 알았어. 수영장 꽤 오래 다녔는데두 물은 늘 무섭네.
선민	들어갈 때마다 매번 다른 느낌이니까.
유완	나 그래두 아까 봤다?
선민	어?
유완	상상 속에서 말야.
선민	만났어?
유완	어. 투구게.

선민	(돌림노래 하듯) 투구게.
유완	사진으로만 몇 번 봤지, 눈앞에서 움직이는 건 처음이었는데 얘두 생각보다 헤엄 못 치더라.
선민	그래?
유완	거의 걸어 다니더라구.
선민	그럼 같이 걸었겠네.
유완	엉. 그랬지. 근데 너무 짧았어. 갑자기 저 위에서 그물 같은 게 내려와가지구 재빠르게 도망쳐야 했거든. 보이지 않게 잘 숨었겠지? 잡히면…… 강제로 파란 피를 뽑히게 될 텐데……
선민	안 잡혔을 거야.

사이.

선민	요즘 말이야. 가끔 상상하는 거 실패하기도 해.
유완	스텔러바다소?
선민	응. 잘 안 그려지더라고. 사실 아까도 그랬어.
유완	나한테 알려주느라 그랬겠지.
선민	단순히 그런 게 아닐 수도 있어. ……사실 스텔러바다소는 멸종된 지 오래거든. 사람들에게 발견되고 나서 고작 몇십 년 만에.

사이. 수영장 창 너머 바라본다.

유완	비 다 그쳤네.
선민	뭔가 속 시원해진 거 같아.
유완	홀가분하지?

선민   어. 근데 한편으로는 계속 나올 수 있을까, 싶은 생각이 드네.

유완   아직두 걱정돼?

선민   그냥 자연스레 떠오르는 거야.

유완   어차피 어디로든 갈 거잖아.

선민   그렇겠지.

유완   또 영재인데 뭐, 하루 정도야.

선민   (허탈한 웃음) 놀리는 거야?

유완   뭐라 부를까 하다가.

선민   이름 알려줄까?

유완   아니? 스텔러바다소라구 부를 건데.

유완이 장난스레 웃는다. 선민도 따라 웃음 터진다. 다시 수영장 바깥을
바라보는 둘.

막.

다듬어지지 않은 부분을 내보이게 될 때가 있습니다. 이런 순간은 몸에 익지 않아서 저는 잊고 지내려 애를 써봅니다. 고민 끝에 투고한 날도 마찬가지였습니다. 일상을 그렇게 보내던 참에 모르는 번호로 전화 한 통이 걸려 왔습니다.

그걸 기점 삼아 우선 곁에 있어 준 이들의 안부를 물었습니다. 갑작스러운 연락에도 대신 울어주던, 정장이라도 한 벌 맞춰야 하지 않겠냐고 하던, 사진으로는 티가 많이 나니 뿌리염색 고민해보라던 그 목소리들에 또 웃을 수 있었습니다. 생일에도 어색하게 넘어가곤 하던 축하 노래를 불러준 가족에게도 고맙습니다.

쓰는 사람이 되고 싶단 마음을 품게 된 건 혼자 있는 시간이 많아서였지만, 포기하지 않을 수 있었던 건 각자의 톤으로 제게 무언가를 건네주던 손들 때문이었을 겁니다.

한동안 내버려 두었던 것을 꺼내 볼 차례입니다. 서랍 속 편지와 사진, 영수증, 메모 뭉텅이. 그중에서 노란 포스트잇을 골라 책상 앞 거울에 붙여 놓았습니다. 동기의 응원은 여러 번 붙였다 떼었다 했음에도 아직 접착력이 남아 있었습니다. 그러고 나서 제가 썼던 희곡을 다시금 열어 보았습니다. 부족함 속에서 가능성을 발견해주신 심사위원 선생님들께 감사를 전합니다. 희곡을 쓸 수 있도록 이끌어주신 전성희 교수님께도 이 소식을 전할 수 있어 기쁩니다. 앞으로 나아가야 할 길을 생각하며 계속 써보겠습니다.

눈을 감고도 감지 않고도 자주 떠올리고 싶은 얼굴이 있습니다. 몇 안 되기에 더 소중한 모습을 모아 서서히 빚으며 오래도록 안녕을 빌어봅니다.

매일신문 희곡 부문 당선작

한낮의 유령

■

김진희

1994년 익산 출생
동덕여자대학교 문예창작과 졸업
한국예술종합학교 연극원 극작과 전문사 졸업

한낮의 유령*

등장인물
노인(70대)

남자(40대 초반)

커피 아줌마(50대 후반)

소년(10대)

순경(30대 후반, 남자와 1인 2역)

공간
혼잡한 도시의 어느 공원

시간
현재, 여름

무대
무대 위에는 벤치 하나만 있으면 그것으로 족하다.

---

* 보들레르의 시 〈일곱 늙은이들〉 가운데 "붐비는 도시, 환상에 가득한 도시, 그곳에는 한낮에도 유령이 걸어 다닌다."라는 문장에서 인용했다.

1장

무대, 밝아진다. 매미 울음소리가 들린다.

추레한 행색의 남자, 벤치에 앉아 망연자실한 표정이다. 노인, 바둑판과
바둑알을 들고서 등장해 남자가 앉은 자리의 주위를 서성인다. 그는 한참
동안 누군가를 찾는다. 이윽고 남자와 노인이 눈을 마주치게 되면, 노인
은 기다렸다는 듯

노인   이 봐.

남자   (당황해서) 예?

노인   저기, 김 씨 못 봤어?

남자   … 누구요?

노인   김 씨. (급하게) 그- 저, 수염 덥수룩하게 난 양반.

남자   그게 누군지 제가 잘…… (객석 어느 곳을 가리키며) 저기… 저분
이요?

노인   아니, 저건 박 씨고.

남자   (다시 다른 곳을 가리키며) 아, 그럼 저분이요?

노인   아니, 아니. 저건 황 씨잖아.

노인은 남자의 옆에 바둑판과 바둑알을 두고 벤치에 걸터앉아 이마의 땀
을 닦는다.

노인   아니 이 노인네가 대체 어디 갔어?

남자   다짜고짜 저한테 그렇게 물어보시면… 제가 알 리가 없잖아요,
어르신.

노인   여기 언제부터 앉아있었나? 여긴 나랑 김 씨 자린데.

남자   자리라뇨. 이런 공원에서 무슨…

노인   그 자리 말이야. 자네 엉덩이를 붙인 그 자리. 거기에 늘상 김 씨가 앉아있었거든. 말하자면 여기가 나랑 김 씨 지정석 같은 거라구.

남자   그러니까, 제가 왔을 땐 여기 아무도 없었습니다.

노인   김 씨는 털복숭이 노인네야. 그, 수염 좀 어떻게 하라고 잔소리를 해도 변하지를 않아. 옷도 매일 같은 것만 입어서 단벌 신사라고들 놀리는데, 뭐가 좋은지 그저 허허실실 웃기만 한다구. 그 양반 입고 다니는 옷이…

남자   아뇨, 저는 글쎄 본 적 없다니까요, 그런 분.

노인   (툴툴대며) 아, 나랑 바둑 두기로 했는데. 여즉 안 왔단 말이야?

사이. 노인의 시선이 남자에게로 향한다.

노인   바둑 둘 줄 알아?

남자   바둑이요?

노인   김 씨 올 때까지 상대 좀 해줘.

남자   … 예?

노인   왜, 바빠?

남자   아뇨, 바쁘다기보다는…

노인   바쁜 사람이면 여기 이러구 안 앉아있지. 봐, 다들 할 일 없고 갈 곳 없는 늙은이들, 살찐 비둘기들 천지거든. 그래, 지긋지긋해, 아주.

남자   (노인의 시선을 피하며) 그럼 저는 이만…

노인   갈 거야?

남자   ……

노인	여지껏 앉아있다가?

남자, 엉거주춤 일어서 있다. 노인, 남자에게서 시선을 거두고 홀로 바둑을 둔다.

노인	가려거든 가. 어차피 곧 김 씨가 오면 자네가 그 자릴 비켜줘야 할 테니까.
남자	…….
노인	아, 그리고 말이야. 난 자네가 찾으려는 그 노인네 몰라.
남자	전 아직 아무 말도 안 했는데요.
노인	얼굴에 그렇게 쓰여 있는 걸, 뭐.
남자	바둑판만 보고 계시잖아요.
노인	척하면 척이지, 뭘. (고개를 들어) 자네, 밥은 먹었어?
남자	아뇨, 때를 놓쳐서…… 어쩌다 보니.
노인	저쪽에 설렁탕 맛있게 하는 데가 있어. 4000원에 한 그릇 주는데, 그 집 깍두기가 맛이 아주 일품이야. 내가 오늘 김 씨랑 그 집을 가기로 했어.
남자	… 식사 아직 안 하셨어요?
노인	아, 그럼.
남자	벌써 세 시가 다 돼가는데요?
노인	세 시면 어떻구 네 시면 어때.
남자	혼자서라도 드시지 그러세요.
노인	안 돼. 약속을 했어. 그 양반하고.

남자, 다시 노인의 옆에 앉는다. 노인은 바둑판에 시선을 고정하고 있다.

남자	… 근데, 정말 어떻게 아셨어요?
노인	무얼.
남자	제가 누굴 찾고 있다는 거요.
노인	자네같이 젊은 사람이 목요일 세 시에 여기 이러구 앉았으니, 안 물어도 답이 나오지. 대개 그러거든. 대개.
남자	저… 오늘은 목요일이 아니라 수요일인데요.
노인	그래, 수요일.
남자	이 공원은 어르신들이 참 많더라고요.
노인	말했잖아. 늙은이들 놀이터야, 여기가.
남자	며칠 동안 이 부근을 돌면서 계속 찾았는데… 그래도 도통 보이지를 않네요. 보다 보면 다 그분이 그분 같고… 사실… 이젠 어떻게 생기셨는지 기억도 가물가물해요.
노인	여 봐. 아버지 사진 한 장 없어?
남자	…….
노인	언제 집을 나갔는데?
남자	그게… 몇 달도 더 됐죠.
노인	근데 왜 이제 와 찾어?
남자	…….
노인	내쫓은 거지?
남자	(억울해하며) 내쫓다니요. 그냥… 그냥, 어느 날 갑자기 말없이 사라지셨어요. 그게 다예요.
노인	그러니까, 그게 그거란 소리야. 오죽 그랬으면 제 발로 나왔겠냐구.

사이. 매미 울음소리가 길게 들린다.

남자, 한숨을 쉬며 일어선다. 노인, 여전히 바둑을 두고 있다.

남자	전 이만 가봐야겠네요.
노인	가다가 김 씨 보면은, 내가 여기서 기다리고 있다고 말이나 전해줘.
남자	대체 그분이 누군 줄 알고요.
노인	딱 보면 알아. 내가 말했잖아, 김 씨는…
남자	… 됐습니다.

남자, 퇴장한다. 노인, 남자의 뒷모습을 보며 혀를 찬다.

노인	말을 들어주는 척이라도 하면 좀 좋냐구… 하여간에… 여기나, 저기나……

노인이 다시 바둑판으로 시선을 돌릴 때쯤, 겨드랑이에 보온병을 끼고 어깨엔 작은 가방을 멘 커피 아줌마(이하 커피)가 등장한다.

커피	영감님, 혼자 뭐하셔요?
노인	보면 몰라. 바둑 두지.
커피	그러니까 왜 혼자 두셔.
노인	글쎄 그 노인네가 오지를 않잖아. 여 봐, 혹시 오가며 김 씨 못 봤어?
커피	누구요?
노인	김 씨 말이야, 김 씨.
커피	여기 김 씨인 영감이 어디 한둘이에요?
노인	(답답해서) 김 씨는 다른 노인네들하고 달라. 나랑 한 약속은 절대로 안 잊는 양반이라고.
커피	글쎄 난 영감님이 누굴 찾는지 모르겠네. 하여튼 간에, 커피나

한잔 팔아줘요, 영감님.

커피, 벤치에 앉아 보온병을 내려놓는다.

노인	밥도 안 먹었는데 커피는 무슨 커피야. 돈 없어.
커피	아니, 때가 어느 땐데 여즉 밥을 안 드셨어?
노인	글쎄 그건 김 씨가…
커피	내가 오늘 한 잔도 못 팔았잖아요. 아니, 글쎄 내 커피 잘 팔아 주던 양반이 오늘은 안 보이네.
노인	누구?
커피	있어요, 풍채 좋은 영감님.
노인	풍채라면 김 씨도 꽤나 좋지.
커피	요 며칠 이 공원을 안 다녔더니, 그 양반이 그 새 딴 데로 옮겼나?
노인	그러게 요새 안 보이더니 왜 다시 기어 나왔어?
커피	그럼 먹고 살아야 하는데 방구석에 가만히 있어요?
노인	미순네는?
커피	이제 안 나오나 봐요. 단속이 오죽 심해야지.
노인	그러니까 자네도 그만 나와. 노인네들 등쳐먹는 것도 하루 이틀이어야지.
커피	그저 커피 마시면서 영감님들 손이나 한번 잡고, 말동무나 해 드리는 거지. 요즘 같은 때 또 날씨는 오죽 더워요? 그러면 응? 봐요, 영감님. (보온병을 열어 보여주며) 내가 부러 이렇게, 얼음 넣어 타 온 이 냉커피가 딱이라구. 말 나온 김에 영감님 한잔 하셔.
노인	내가 말을 안 해서 그렇지, 자네가 타 오는 그 커피, 300원짜리

자판기 커피만도 못해. 내가 누차 이야기하잖아. 설탕을 좀 더 타 넣으라고.

커피   노인네들 당뇨 있어서 단 거 먹으면 몸에 안 좋아요.

노인   그나마 달짝지근한 맛이라도 있어야 찾지.

커피   그리고 영감님, 솔직히 말해서, 누가 나를 거둬. 영감님이나 나나 이렇게 다 늙어 가는데 누가 빚이라도 내주겠어? (한숨) 알아서 벌어먹고 살아야지. 그래요, 안 그래요?

노인   난 나라에서 연금이 나오잖아. 매달 이십만 육천오십 원.

커피   좋으시겠네. 그럼 내 커피 좀 팔아주면 좀 좋아.

노인   자네 커피 마시려면 내가 자네 것까지 두 잔 사야 하잖아. 그럼 오천 원인데, 그럴 바엔 자판기 커피를 열 번도 더 넘게 마시고 말지.

커피   됐어요, 됐어.

커피, 보온병의 뚜껑을 닫고 일어선다.

노인   여 봐. 벌써 가게?

커피   커피도 안 팔아주는데 뭘. 내 커피 팔아주는 영감님이나 찾으러 가야지.

노인   (붙잡으며) 아, 앉아봐.

커피   왜요.

노인   아까 여기 웬 젊은 사람이 앉아있었거든.

커피   어머, 좀 일찍 올걸. 그 젊은 사람한테 한 잔 팔았을 수 있었을 텐데.

노인   글쎄, 얘기를 들어보라니까. 내 저기, 멀리서 걸어올 때부터 웬 젊은 사람 하나가 여기 앉아서 한숨을 푹푹 쉬고 있는 거야.

커피   그럴 때 냉커피 한잔하라고 하면 딱이잖아요.

노인   딱 보니까 얼굴에 근심이 가득해. 그 상태로 여기 와서 앉아있는 이유가 뭐겠어. 누굴 찾으러 온 거지.

커피   누구를?

노인   아, 누구긴 누구야. 애비 찾는 거지. 여기서 뭐 비둘기를 찾겠어?

커피   어머머.

노인   내쫓은 게 후회가 된 건지 찾으러 나온 거겠지만은 말이야, 그런 게 이제 와서 다 무슨 소용이냔 말이지. 그거야말로 소 잃고 외양간 고치는 거 아니냐구.

커피   정말 그렇대요?

노인   그런 거나 매한가지지 뭘. 그래 놓구 자식 된 도리를 운운하면서 집으로 돌아가자구 찾고 있는 걸 거야. 돌아가면 뭐가 바뀌냐구? 곧 얼마 안 가 그 노인네가 다시 제 발로 도망 나올 거야.

커피   영감님은 어떻게 그렇게 잘 알아요?

노인   대개가 그래, 대개가. 김 씨도 그랬거든.

커피   … 내쫓아놓고 무슨 염치로 다시 찾으러 온대.

노인   염치가 아니라 뭔가 쓸모가 생겨서 찾으러 온 거야. 분명히 그래, 분명히.

커피   하여간에, 참…….

노인   말하다 보니 목이 타네.

커피   냉커피 한잔하셔.

노인   자네도 참 끈질겨, 하여튼 간에.

커피, 웃으며 보온병의 뚜껑을 다시 연다.

커피	그래서, 여기서 계속 그 김 씨 영감님 기다리시게?
노인	아, 그럼. 여기가 항상 우리가 만나는 장소야. 딴 노인네들도 여긴 얼씬 안 한다구.

커피가 종이컵에 보온병에 담긴 커피를 따라 노인에게 건넨다.
매미 울음소리가 길게 들린다.

커피	그래도 영감님이라도 팔아줘서 다행이네.
노인	분명히 해두지만, 자네 건 안 사. 난 한 잔 값만 낼 거야.
커피	알겠어요, 알겠어.
노인	(커피를 마시며) 역시 설탕이 좀 더 들어가야 된다니까. 영 밍밍해서는.
커피	얼음이 녹아서 그래요. 아니, 근데 여기 노인네들이 이렇게나 많은데 여기서 자기 아버지 찾는 것도 참 일이겠네, 일이겠어.
노인	못 찾아.
커피	그 젊은 사람이 찾는다는 아버지가 혹시 영감님 친구 아니에요?
노인	김 씨? 아냐, 그랬으면 내가 알아봤지.
커피	영감님 아들도 아닌데 영감님이 어떻게 알아봐요.
노인	내가 김 씨를 잘 알잖아.
커피	… 하기사 여기 소싯적에 아들딸 하나 없었던 사람이 어디 있겠냐만은.

짧은 사이.

노인	자, 여기, 챙겨가.

커피　(돈을 받으며) 오지도 않는 김 영감님 그만 기다리시구 밥 챙겨 드서요.

노인　아, 그건 안 돼.

커피　저 고집을 누가 꺾어.

노인　김 씨는 올 거야. 오겠다고 약속을 했으니 어기진 않을 거라구. 나랑 바둑도 두고 설렁탕도 먹으러 가기로 했어. 그리고 오늘 만나서 전에 하다 만 얘기를 마저 해준다고도 했거든.

커피　영감님, 또 그 집 가서 밥 먹게요?

노인　여 봐. 김 씨가 젊었을 때 독일 탄광촌에서 2년 동안이나 일했었대. 나도 그때 막내동생 학교 보내주고 싶어서 독일에 가고 싶었는데, 그 뭐냐, 신체검사에서 미달을 받아 버려가지고, 못 갔단 말이지.

커피　아유, 영감님. 그 얘기까지 내가 들어줄 시간은 없어요. 그런 얘기는 시작하면 한도 끝도 없지. 이만 가 볼게, 또 봐요, 영감님.

노인　… 그래. 다음엔 커피에 설탕 좀 더 넣어서 와.

　　커피, 보온병을 챙긴다. 엉덩이를 털고서 자리에서 일어나 퇴장한다.
　　무대 위엔 노인이 홀로 남는다. 암전.

2장

　　무대, 밝아진다. 매미 울음소리가 길게 들린다.
　　노인, 여전히 혼자서 바둑을 두고 있다. 소년이 등장한다. 소년, 축구공을 가지고 놀고 있다. 노인의 주변에서 얼쩡거리듯.

노인　이 녀석아, 저리 가.

소년	네?
노인	넌 왜 여기서 이러고 있어?
소년	…… .
노인	지금 몇 시냐?
소년	(손목시계를 보고) 다섯 시인데요.
노인	학교에 있을 시간 아니냐?
소년	학교 아까 끝났어요.
노인	(이죽거리며) 저리 가서 공 차. 정신 사나워.

소년, 노인에게서 멀리 떨어져 축구공을 가지고 놀다 공이 노인 쪽으로 굴러간다.

소년	할아버지, 공 좀 차 주세요.
노인	… 뭐라고?
소년	그거, 공 좀 이리로 차 달라구요.
노인	싫어.
소년	왜요?
노인	네가 알아서 가져가.

소년, 툴툴거리며 노인에게 다가온다.

소년	별로 어려운 일도 아니잖아요.
노인	지금 나 바둑 두고 있는 거 안 보이냐?
소년	근데 왜 혼자 하세요?
노인	누구랑 같이 두기로 했는데, 어딜 갔는지 기다려도 오지를 않아서.

소년	얼마나 기다렸는데요?
노인	꽤 오래 기다렸다.
소년	누군데요?
노인	있어. 김 씨라고.
소년	어? 저도 김 씨예요. 김해 김씨.
노인	그래서 나보고 뭐 어쩌란 거냐?
소년	어… 그냥 말해봤어요.

소년, 축구공을 들고서 가만히 있다가

소년	할아버지, 근데 저희 아빠 못 보셨어요?
노인	뭐?
소년	제가 아빠를 찾고 있거든요.
노인	아니 오늘 왜들 그렇게 누굴 찾는 사람이 많은 거냐?
소년	집에 들어오질 않아서요.
노인	…근데 왜 여기 와서 찾어?
소년	그냥요. 여기 갈 곳 없는 사람들 많이 오는 데잖아요.

소년과 노인 잠시 침묵.

소년	저도 꽤 오래 기다렸어요. 근데 일주일이 다 되도록 기다려도 안 와서… 제가요, 여기 말고도 지하철역에 노숙자들 있는 곳 도 다 가봤는데요. 없더라구요. 아빠랑 닮은 사람은 많았는 데… 아빠는 없었어요.
노인	…….
소년	(노인이 하는 것을 보다가) 혼자 하면 재미없을 텐데.

68

노인	네가 뭘 볼 줄은 아냐?
소년	그건 거기다 두는 게 아니라 두 줄 아래에 놓는 게 더 좋을 텐데요?
노인	녀석아, 내가 지금, 몇 수 앞을 더 내다보면서 하는 중인 거야.
소년	제가 상대해드릴까요?

소년, 노인의 옆에 나란히 앉는다. 노인, 굳이 말리지 않는다.

소년	제가 흑돌 할게요.
노인	이놈아, 당연한 소리를 하냐?
소년	근데 정말 저희 아빠 못 보셨어요?
노인	글쎄 모른다니까. 경찰서엘 가서 물어보지 그러냐?
소년	경찰서는 안 돼요.
노인	아니 왜?
소년	아빠가 빚쟁이들한테 쫓기고 있어서요.
노인	그럼 아빠란 놈이 널 버리구서 도망갔단 말이냐?
소년	그런가 봐요.
노인	그럼 집엔 누가 있어?
소년	없어요, 아무도.
노인	엄마는?
소년	엄마는 자기 나라 갔어요. 아주 예전에.
노인	어디?
소년	필리핀인지 베트남인지 잘 모르겠어요.

침묵 속에서 노인과 소년은 바둑을 둔다. 매미 울음소리가 다시 들린다.

노인	아, 그리고 보니.
소년	(멀뚱히 바라본다)
노인	웬 젊은 양반 하나가 아까 여기 앉아있었어.
소년	모르신다면서요.
노인	이제 생각이 난 거야. 꽤나 추레한 행색이었지, 그 젊은 양반.
소년	어떻게 생겼어요?
노인	그냥 평범하게 생겼지, 뭘. 가만 보자. (소년을 유심히 보는) 너랑 닮은 것 같기도 하고. 얼굴이 너부데데하니. (소년이 두는 수를 보며) 야, 녀석, 너 좀 하는구나.
소년	옛날에 할아버지한테 배웠어요. 바둑 두는 거.

사이. 얼마간 두 사람이 바둑 두는 소리만 들린다.

소년	어쩌면 그럼 그 아저씨가 아빠일지도 모르겠네요.
노인	근데 네가 네 아빠보다 훨씬 낫다.
소년	왜요?
노인	바둑 좀 같이 두자니까, 바둑은커녕 딴소리만 하더니 가버렸지 뭐냐.
소년	무슨 소리요?
노인	너처럼 아버지를 찾고 있다고.
소년	(놀라) 할아버지를요?
노인	그래, 그 양반이 네 아빠라면, 지금 찾고 있는 노인네가 네 할아버지인 것도 맞겠지.
소년	그럴 리가 없을 텐데요. 왜냐하면 할아버지는…
노인	나는 알아.
소년	네? 뭘요?

노인	네 아빠가 쫓아내서 할아버지가 집을 나간 것이지?
소년	아뇨, 그러니까, 아빠는— 할아버지가 돌아가셨다고 그랬어요.
노인	순 거짓말이다.
소년	아빠는 거짓말 안 해요.
노인	불 보듯 뻔하다. 필경 이제 와서 뭐라도 발견했으니 이제 와서지 애비를 찾으러 다니는 거겠지. 어디서 네 할아버지 명의로 된 땅문서라도 나타났을 게다.
소년	그걸 할아버지가 어떻게 장담하세요?
노인	왜냐? (바둑알을 신경질적으로 내려놓으며) 대개가 그러거든! 대개가. 글쎄 이제 와 찾는다고 뭐가 바뀔 거라고 생각한다는 거냐? 괘씸한 놈 같으니라고.
소년	아니에요!

두 사람, 어느새 바둑판에서 손을 뗀 상태다.

노인	내 말이 맞아. 그런 고약한 놈한테 땅문서는 가당치도 않지. 어디 평생 그렇게 찔찔 고생을 해봐야지. 내가 장담하건대, 네 아빠 네 할아버지 죽어도 못 찾을 거다.
소년	(소리치며) 아니라니까요!
노인	아니긴 뭐가 아니야!
소년	아빠 그런 사람 아니거든요!
노인	시끄러! 어디서 소리를 빽빽 질러대냐? 이 고약한 놈의 아들 같으니라고!

노인, 소년의 축구공을 빼앗아 멀리 뻥 차버린다.

소년	할아버지가 더 고약해요!
노인	이제 저리 썩 꺼져!

소년, 씩씩대며 공을 쫓아 사라진다.

노인	(혀를 차며) 웬만큼 시끄러워야지. (주변을 보다가 관객석을 향해) 뭘 봐? 이 봐, 박 씨, 황 씨, 뭘 그렇게 쳐다보느냐고? 노인네 혼자서 바둑 두는 거 처음 봐? 상대가 없으니 혼자 두는 거지, 그게 그렇게 유난스럽게 쳐다볼 일이야? 자네들 하던 거 마저 해. 난 상관 말고.

노인, 다시 혼자서 바둑을 둔다. 아주 긴 사이. 노인의 표정은 복잡 미묘하다.
매미 울음소리가 아주 오랫동안 들려온다.
남자가 등장한다. 남자, 노인의 옆으로 가 앉아 이마의 땀을 닦는다.

노인	자리 주인이 곧 나타날 거야.
남자	…….
노인	… 난 분명히 말했어.
남자	…… 계속 여기 계셨던 거예요?
노인	그거야 자네가 상관할 바는 아니잖아? 나야 원래 여기 있는 게 내 일인데.
남자	벌써 해가 다 저물었는데요.
노인	그런 건 중요하지 않아. 김 씨가 곧 올 거라는 게 중요한 거지.
남자	왜 그렇게 그분을 기다리시는 거죠?
노인	그야 만나기로 약속했으니까. (사이) 자네 아버지는 찾았나?

남자	못 찾았으니까 저 혼자 있겠죠.
노인	그래서 이제 어쩔 건가?
남자	어쩌긴요. 내일 다시 와서 찾아봐야죠. 아버진 분명 여기 어딘가 계실 겁니다.
노인	내일이면 자네 아버지가 나타날 거라고 생각하는 거야?
남자	…….
노인	헛수고야.
남자	뭐라고요?
노인	앞으로도 자넨 계속해서 아버지를 못 찾을 거야. 왜냐, 어딜 가든 노인네들은 많고, 그 속에 자네가 찾는 아버지는 보이지 않을 테니까.

사이.

노인	이제 와 찾는 이유가 뭐야?
남자	그야…… 자식 된 도리로서…….
노인	자식 된 도리 좋아하네. 자네가 내 앞에서까지 그렇게 가식을 떠는 걸 알면, 자네 아버지가 집으로 돌아오려다가도 혈압이 올라서 안 돌아올 거라구. 자네가 이미, 오래전에 자네 아버지를 버린 거야. 알겠어?
남자	제가 아버지를 버린 게 아니라, 아버지 스스로 제 손을 놓으신 거예요. 정신이 오락가락해서…….
노인	정신이 오락가락해? 누가?
남자	아니, 그야 당연히 아버지죠.
노인	그런 노인네가 집을 나갔는데 그냥 뒀단 말이야? 이런 더 괘씸한 놈 같으니.

남자   그래요, 사실 처음엔 오히려 잘 됐거니 했습니다. 집안 상황이 더 좋아질 거라고 생각했고요. 됐어요? 지금 이런 대답을 원하시는 거잖아요.

노인   그래, 그런데 왜 이제야 찾느냐고 묻잖아? 말해 봐. 어디 자네 아버지 앞으로 있는 땅문서라도 나타났어?

남자   땅문서라니요?

노인   또 무슨 등골 빼먹을 게 나타나서 찾고 있는 것이냐고?

남자   잘못 생각해도 한참 잘못 생각하고 계시네요.

노인   노인네가 썩어 문드러져서 죽을 때까지, 응? 달려있는 거라고는 죄다 뜯어내서 가질 생각인 거잖아. 그렇지? 내 말이 틀려?

남자   대체 왜 이렇게 화가 나셨어요?

노인   떳떳하지 못하니 말하지 못하는 걸 테지.

남자   말하면 어차피 믿지도 않으실 거잖아요.

노인   (고함치며) 그럼! 다 거짓부렁이야! 싹 다!

사이. 노인, 남자에게서 등을 돌린다.

노인   집에나 돌아가. 자네 아들이 자네를 찾는다고 돌아다니고 있어.

남자   예?

노인   아들놈한테는 할아버지가 죽었다고 거짓말을 하구선 말이야. 여기서 애빌 찾겠다고 돌아다니는 자네 꼴이 정말 괘씸하기 짝이 없어.

남자   뭐라고요? 제 아들이요?

노인   아까 여기서 그놈이 나랑 바둑을 뒀어.

멀리서 축구공이 굴러온다. 소년, 등장한다.

노인   저기 다시 나타났네.
남자   누구요?
노인   저기 저놈이 내가 말한 그 녀석이야.
남자   제 아들이라고요?

남자, 소년에게 다가간다.

남자   아뇨… (보다가) 제 아들은 이렇게 생기지 않았는데요.
소년   누구세요?
남자   그러게 말이다.

남자와 소년, 서로를 보며 어리둥절한다.

노인   (소년에게) 저놈이 네가 말한 아빠가 아니냐?
소년   아뇨. 우리 아빤 이렇게 생기지 않았어요. 심지어 나랑 별로 닮
       지도 않았잖아요.
남자   오해하신 것 같습니다.
노인   아니, 그럴 리 없어. 자네가 분명 저 애의 아빠일 테고, 저 애는
       자네 아들이어야 해. 그리고 자네가 찾는 아버지는 내가 기다
       리는 김 씨일 테지. 그렇지?
남자   어르신, 몇 번이나 물으셔도 이 앤 처음 보는 애예요. 제 아들
       이 아니라구요.
소년   이 아저씬 제 아빠가 아니에요.
노인   (고함치며 벌떡 일어선다) 아냐, 틀림없이 내 말이 맞아! 응? 어서

그렇다고 대답들 해!

남자와 소년, 놀라 뒤로 몇 걸음 물러선다. 이내 도망치듯 퇴장한다.
노인, 허망한 얼굴로 그 자리에 가만히 서 있다. 암전.

3장

무대, 밝아진다.
노인, 여전히 벤치에 앉아 멀거니 어딘가를 응시하고 있다. 젊은 순경이
등장한다.

순경   선생님. 한참을 찾았습니다.
노인   나야 항상 여기 있었어.

노인이 잠시 고개를 돌려 순경을 바라본다.

노인   많이 본 얼굴이야.
순경   예?
노인   다들 그런 비슷한 얼굴이었다구. 여기나 저기나.

노인이 다시 생각에 잠긴다.

순경   많이 깜깜해졌어요.
노인   아, 그런 건 중요하지 않아.
순경   …… 그럼요, 선생님?
노인   … 내 말이 틀리지 않았다는 게 중요한 거야.
순경   무슨 말이요?

노인	여기서 아버지를 찾던 그 젊은 사람의 애가 바로 그 애였을 거라는 거야.
순경	… 애요?
노인	아들. 요만한 꼬마 녀석인데, 엄마는 필리핀 사람인가, 아니, 베트남 사람이야. 그런데 아주 오래전에 도망가고 없대. 그 꼬마 녀석이 자기더러 김 씨라고 그랬거든. 그리고 그 꼬마 녀석의 아빠라는 놈은 집 나간 아버지를 찾고 있고. 그래, 아무리 생각해봐도 그놈이 그 노인네 아들인 것 같아.
순경	누구요?
노인	김 씨. 내 친구 말이야.
순경	…예, 김 선생님은 오늘도 역시… 안 오셨겠죠.
노인	그래. 여태 오질 않았어. 여 봐. 김 씨가 아무래도 뭔 일이 난 것 같아. 자네가 김 씨 좀 찾아줘. 그 노인네, 자기 아들이 찾아온 것도 모르고 어디서 소리소문없이 가버렸으면 어떡해? 내가 그 젊은 놈한테 윽박을 질렀거든. 또 뭘 뜯어내려고 찾는 게냐고. 사실은 그게 아니라 정말로 지 애비가 보고 싶어서 찾아온 걸지도 모르잖아, 그렇지?

사이.

순경	선생님, 이제 그만 집에 돌아가시지 않구요.
노인	집? 아, 집은 내가 때 되면 알아서 가. 걱정 마.
순경	아뇨, 선생님 지금 사시는 그 쪽방이 아니라, 아드님 아파트로 말입니다. 아드님께서 선생님을 오랫동안 기다리고 계신답니다.
노인	뭐? 기다리긴 누굴 기다려?

순경	이제 제발 집으로 돌아와 달라고 하셨어요.
노인	아냐. 죽었다고 전해.
순경	지금 이렇게 버젓이 살아계시잖아요.
노인	그 녀석한테 나는 하루아침에 죽었다고 해도 이상할 거 없지.
순경	아드님 품으로 돌아가세요, 선생님. 선생님께서 돌아가시는 게 우리 모두에게 좋은 겁니다.
노인	좋기는 누가 좋아? 개뿔도 좋지 않다고.
순경	선생님 여기 계신 거 뻔히 알면서, 저희한테 실종신고 한 아드님 생각도 좀 하셔야죠.
노인	그래, 난 계속 실종인 상태로 있을 거라고.
순경	그 오랜 시간 동안 기다려온 아드님 마음이 어떻겠어요?
노인	그건 내 알 바가 아니야. 하여튼 난 안 가. 내가 안 가겠다는데 억지로 돌려보내는 게 말이 안 되는 거야. 내 말이 맞지?
순경	선생님. 제발요.
노인	미안하지만 더 이상 줄 게 없다고 전해.

노인, 요지부동이다. 순경, 긴 한숨을 쉰다.

노인	자넨 늘상 같은 얘기를 하는 것 같은 느낌이 들어.
순경	네, 늘 같은 얘기를 해드렸지만, 선생님도 같은 대답을 하셨습니다.
노인	난 여기서 김 씨 좀 더 기다리다가 돌아갈 거야. 그 양반이 오기로 약속을 했으니까, 이제 곧 올 거 거든.
순경	선생님.
노인	… 여기서 나랑 바둑 두고 설렁탕도 먹고… 못다 한 얘기도 마저 하고……

순경	그분, 아무리 기다려봤자 안 오실 거예요.
노인	…… 아냐. 올 거라구, 그 양반이.
순경	이미 잘 알고 계시잖아요. 김 선생님.

순경, 퇴장한다.

노인, 벤치 위에 망령처럼 가만히 앉아 누군가를 기다리고 있다.

막.

전화를 받고 한동안은 멍하니 있었습니다.

노트북 폴더에 묵혀두었던 오래된 희곡을 꺼내 다시 들여다보고 고칠 때까지만 하더라도, 그저 막연히 꿈꾸던 일이었습니다. 그런데 저에게도 이런 순간이 찾아왔네요.

글 쓰겠다고 골방에 틀어박혀 괴로워하던 저를 보며 마음 아파하시던 엄마. 걱정하시던 아빠. 두 분께 마음의 짐을 조금은 덜어드린 것 같아 기쁩니다. 엄마 조영웅님, 아빠 김용관님 사랑합니다. 두 언니 김선희, 김미희와 동생 김기범에게도 저의 울타리가 되어주어 고맙다는 말을 전합니다. 그리고 작년 겨울 태어난 선우야, 이모가 많이 사랑해.

당선 소식을 듣고 전화 너머로 우시던 고연옥 선생님. 선생님의 격려 덕분에 지금까지 희곡을 놓지 않고 쓸 수 있었습니다. 이제부터가 시작이라며 축하의 말을 건네주신 배삼식 선생님. 선생님을 만나 처음 희곡을 쓰던 스무 살 무렵이 떠오릅니다. 윤대녕 선생님과 김사인 선생님, 그리고 연극원 선생님들께도 감사의 말씀을 전합니다.

멀리서 절 위해 기도해주시는, 저의 은사 이진순 선생님. 감사합니다.

곁을 지켜준 고마운 사람들에게 마음을 전합니다. 20년 지기 친구 지수. 사랑하는 고등학교 친구들. 현지, 예지, 민, 진명. 소중한 대학 동기 은서와 지연 언니. 멋진 배우 윤지 언니와 세경 언니. 괄호의 사람들. 소연 언니, 효진 언니, 도은님, 민조님. 그리고 늘 나를 응원해주는 용. 모두에게 함께 해서 행복하다는 말을 하고 싶습니다. 앞으로도 잘 부탁드려요.

생각이 많았던 한 해였습니다. 저 자신에 대한 의심이 가득할 때면 글을 쓰는 것이 버겁게 느껴지기도 했습니다. 이제 그 시간에서 벗어나 저를 좀 더 믿어보려 합니다.

스스로를 믿고 글을 써 나갈 수 있도록 용기를 주신 심사위원 선생님들과 매일신문에 감사드립니다.

긴 터널 속을 걷다 마침내 선명한 빛을 발견한 것만 같습니다.
그 길을, 열심히 나아가보겠습니다.

부산일보 희곡 부문 당선작

노을이 너무 예뻐서

■

박세향

1991년 대구 출생
대구대학교 일반사회교육과 졸업
대구문화재단 5기 청년예술가 선정 (연극부문-배우)
극단 수작 부대표

등장인물

남자 (30대 중반)

여자 (20대 중반)

때

어느 초겨울

장소

도로 위

무대

무대 중앙에 두 명이 앉을 수 있는 오토바이가 한 대 서있다. 오토바이 앞쪽에는 자동차 신호등이 하나 서 있다. 나머지 한쪽엔 도로와 인도를 구분할 수 있는 연석이 있고, 인도 위에 등받이가 있는 벤치가 있다.

1.

무대 밝아지면 달리는 오토바이 위에 남녀가 앉아있다.

둘은 한동안 말없이 달린다.

자동차들이 빨리 달리는 소리와 경적소리가 정신없이 뒤섞인다.

잠시 후 초록불이던 신호등이 빨간불로 바뀌고, 오토바이가 잠시 멈춘다.

뒷자리에 타고 있던 여자가 헬멧을 열어젖히며 앞자리의 남자에게 말을 건다.

여자　우리 달린 지 얼마나 됐어요?

남자　한 시간?

여자　기름은 얼마나 남았어요?

남자　음, 절반 조금 넘게요.

여자　그럼 얼마나 더 갈 수 있죠?

남자　적어도 두, 세 시간은 더 달릴 수 있어요.

여자　어디까지 갈 거예요?

남자　생각 안 해봤어요.

여자　그럼 얼마나 더 갈 거예요?

남자　그것도 생각 안 해봤어요.

여자　오빠라고 불러도 되죠?

남자　네?

여자　저보다 나이 많아 보이던데, 그냥 오빠라고 부를게요.

남자　…… 편한 대로 불러요.

여자　오빠는……

여자가 무슨 말을 더 이어가려고 하는 찰나, 신호등이 다시 초록불로 바뀐다.

오토바이는 다시 한참을 달린다.

여자 배 안 고파요?

남자 네?

여자 (더 큰 소리로) 배, 안 고프냐고요!

남자 아…… 조금요.

여자 (더 큰 소리로) 뭐라고요?

남자 (큰 소리로) 배, 고프다고요.

여자 (웃으며) 그럼 밥 먹으러 가요. 우리 얼마 남았죠?

남자 9만 원 정도요.

여자 우와. 비싼 거 먹어도 되겠다.

남자 먹고 싶은 거 있어요?

여자 오빠는 죽기 전에 딱 한 가지만 먹을 수 있다면 뭘 먹을 것 같아요?

남자 (잠시 고민하다) 감자전이요. 어머니가 해 주신.

여자 그건 지금 못 먹잖아요.

남자 그럼 그쪽은 뭐 먹을 거예요?

여자 전, 한우요.

남자 한우 먹으러 가요.

여자 9만 원으로요?

남자 조금만 먹으면 되죠.

오토바이가 다시 신호에 걸려 잠시 멈춘다.

여자 에이, 오늘은 배부르게 먹고 싶은데.

남자 그럼 배부르게 먹고 도망갈까요?

여자	네? 어떻게요?
남자	화장실 가는 척하면서 몰래?
여자	요즘 그런 거 안 돼요. 걸리면 경찰서 가요.
남자	안 걸리면 되죠.

여자는 남자의 말이 어이없는 듯 크게 웃는다.
여자의 웃음소리를 들은 남자도 따라 웃는다.

여자	진짜 오랜만에 크게 웃는 것 같아요.
남자	그 말이 그렇게 웃겨요?
여자	너무 어이없잖아요. 한우 먹고 도망갈 생각을 하다니.
남자	먹고 싶다고 하니까.

오토바이가 다시 출발한다.

여자	그냥 달리다가 맛있어 보이는 데로 가요.
남자	그럼 그쪽이 골라요. 난 다 괜찮아요.
여자	딴말하기 없기에요? 뭐가 맛있으려나.
남자	9만 원 잊지 마요.
여자	알겠어요.

여자가 열심히 식당 간판을 눈으로 좇는다.
그러다 한 곳을 발견하고 소리친다.

여자	어! 저거! 저거 먹어요!
남자	어디요?

여자　　저기! 소꼬리 찜! 나 저거 한 번도 안 먹어봤어요.

남자　　소는 소네요. 저기로 가요.

남자가 차선을 바꾸려고 하는데 옆에서 승용차가 끼어들며 경적을 울린
다.
남자가 놀라 오토바이가 크게 휘청거린다.

여자　　어, 어. 조심!

남자　　놀래라.

여자　　우리가 잘못한 거예요?

남자　　아니에요.

여자　　깜짝이야. 죽는 줄 알았네.

남자　　그러게요. 죽을 뻔했네.

남자와 여자 웃는다.
오토바이가 식당 앞에 멈추고 둘은 내린다.

여자　　(신나게 헬멧을 벗어 오토바이에 걸치며) 아, 기대된다. 빨리 가요.
빨리!

남자　　알았어요. 먼저 들어가요.

여자　　먼저 가서 주문해 놓을게요.

여자, 무대에서 사라진다.
남자는 지갑을 꺼내 현금을 확인하려다 그 안에 신분증이 잘 있는지 확인
한다.
그 후, 담배를 꺼내 불을 붙이려다 담뱃갑 안의 담배 개수를 확인하고 다

시 집어넣는다.

사이드미러를 보며 머리를 매만진다.

무대 어두워진다.

2.

무대 밝아지면, 여자와 남자가 식당에서 나오고 있다.

여자   진짜 맛있었다. 오빠는 꼬리찜 먹어봤었어요?

남자   아뇨. 저도 처음 먹어봤어요.

여자   오빠 덕분에 맛있는 거 먹어 보네요. 고마워요.

남자   그쪽이 메뉴 골랐잖아요.

여자   오빠랑 같이 오토바이 타고 가다가 그 식당을 발견한 거니까 오빠 덕분이죠. 제가 사는 동네에는 소꼬리 찜을 파는 곳이 없거든요. 뭐, 물론 있었어도 못 먹어봤겠지만.

남자   그게 그렇게 되나.

여자   매운 거 먹으니까 시원하게 아이스커피 먹고 싶다. 우리 커피 마시면 안 돼요?

남자   커피요?

여자   여기 앉아서 먹고 가요. 날씨도 좋고, 밖에서 먹고 싶어요. 아, 너무 늦으려나?

남자   아니에요. 시간 맞춰서 가야 되는 것도 아닌데. 먹고 가면 되죠. 그럼 금방 사 올게요. 여기 잠깐만 앉아있어요.

여자   네.

남자, 커피 사러 나가고 여자는 벤치에 앉는다.

얼굴을 확인하기 위해 가방에서 휴대전화를 꺼냈다가 다시 집어넣고 손

거울을 꺼낸다.

거울을 보며 머리를 매만진다.

여자   헬멧을 쓰니까 머리가 다 눌리네. 예쁜 모습이고 싶은데. 헬멧
을 안 쓰면 벌금인가? 아니면 뒤에 타고 있는 건 괜찮나. (잠시
생각하다) 하긴, 상관없겠지.

남자가 커피를 들고 들어온다.

여자   왔어요? 커피다, 커피.

남자   근처에 편의점밖에 없어서…….

여자   괜찮아요. 편의점 커피도 맛있어요.

남자   그래도 마지막 커피인데…….

여자   그럼 가다가 진짜 예쁜 카페 있으면 거기 들어가요. 우리 얼마
남았죠?

남자   2만 원 정도?

여자   그 돈이면 카페 갈 수 있겠네요. 거기서 제일 비싼 메뉴 먹어야
지. 오빠도 비싼 거 먹어요.

남자   그래요.

여자   이런 여유가 얼마 만인지 모르겠어요. 이 시간에 이렇게 밖에
있는 것도 오랜만이고.

여자의 밝은 모습에 남자는 생각이 많아지는 듯 담배 한 개를 입에 문다.
그리고는 담뱃갑 안의 담배 개수를 센다.

남자   (혼잣말로) 두 개…….

여자	뭐라고 했어요?
남자	아, 아뇨. 아무 말도 안 했어요.
여자	담배 펴요?
남자	네.
여자	저도 한 개만 줘요.
남자	담배 펴요?
여자	예전에 잠깐요.

남자는 망설이다 하나를 꺼내 여자에게 준다.

남자	…… 혹시 무슨 일 해요?
여자	왜요?
남자	그냥, 밝아 보여서.
여자	그냥, 일하죠. 이것저것. 고등학교도 졸업 못 하고 계속 일만 했어요. 먹고 살아야 하니까. 그리고 최근엔 아무것도 안 하고 집에만 있었어요.
남자	왜요?
여자	일이 좀 있었어요. 오빠는 무슨 일 해요?
남자	전…… 저도 그냥 일해요.
여자	나랑 똑같네.

여자, 웃는다.
남자, 웃는 여자를 바라본다.

여자	고양이를 한 마리 키웠어요.
남자	…….

여자 꽤 오래 키웠어요. 학교 그만두고 일 시작하면서 혼자 살게 됐
는데, 혼자 사는 사람한테는 강아지보다 고양이가 낫다고 하더
라고요. 외로움을 덜 탄다고.

남자 그렇구나.

여자 근데, 키워보니 아니에요. 고양이도 똑같이 외로움을 타요. 하
루 종일 일하고 집에 들어가면 현관에서 기다리고 있어요. 내
가 들어가자마자 막 나한테 다가와서 다리에 얼굴을 비벼대요.
마치 '왜 이제 왔어. 나 하루 종일 심심했어.' 하는 것처럼.

남자 귀엽네요.

여자 귀엽죠. 근데 그게 너무 안된 거예요. 햇빛도 잘 안 들어오는
좁은 방에 하루 종일 혼자서. 잠자는 것 말고는 할 수 있는 게
아무것도 없잖아요. 그래서 월급을 쪼개서 캣타워도 사고, 혼
자서 놀 수 있는 장난감도 샀어요. 근데 나는 고양이가 그걸 쓰
는지 안 쓰는지 몰라요. 맨날 아침 일찍 나가서 저녁 늦게 들어
오니까.

남자 그럼 한 마리 더 데리고 오지 그랬어요. 두 마리면 외로움을 덜
타지 않나요?

여자 변명 같지만, 고양이들은 예민해서 새로운 고양이가 오면 합사
라는 걸 해야 된대요. 뭐, 공간을 따로 분리해서 서로 적응시켜
주는 기간이라고 해야 하나? 근데 제 방은 원룸이라 분리할 공
간이 없었어요. 그럴 시간도 없었고요.

남자 아······.

여자 그런데 몇 년을 그렇게 같이 살다 보니 익숙해지더라고요. 오
히려 하루 종일 잠만 자는 고양이가 부러웠어요. 얘는 평생을
아무 걱정 없이 평화롭게 살겠구나 싶어서.

남자 그러게요. 평생 잠만 자도 먹을 것 걱정, 잠잘 곳 걱정 안 해도

되고, 부러운 삶이네요.

여자   그런데 얼마 전에 고양이가 갑자기 하늘나라로 갔어요.

남자   네? 갑자기 왜요?

여자   모르겠어요. 아마 꽤 오래전부터 아프기 시작했는데 제가 몰랐던 것 같아요. 일 때문에 피곤하다는 핑계로 집에 오면 자기 바빴거든요. 고양이의 상태를 살필 정신이 없었던 거죠. 여느 날처럼 일을 마치고 집에 왔는데, 현관 앞에 고양이가 없었어요. 대수롭지 않게 생각하고 밥을 주려고 그릇을 보니까 밥이 그대로인 거예요. 이상하다고 생각하면서 고양이를 찾는데 구석에…….

남자   저런.

여자   일도 안 나가고 몇 날 며칠을 울었어요. 죽고 나서 울면 무슨 소용이겠냐마는, 너무 미안해서 견딜 수가 없었어요. 그 아이의 세상엔 나밖에 없었는데, 마지막까지 무심한 주인을 보면서 무슨 생각을 했을까.

사이

여자   근데, 그 모습이 마치 내 모습 같았어요. 아무도 모르게 쓸쓸하게 죽어간 내 고양이처럼, 나도 아무도 모르게 쓸쓸하게 죽어가고 있는 건 아닐까. 나도 어느 날 갑자기 죽어버렸는데 아무도 발견하지 못하면 어떡하지.

남자   저기 미안한데, 너무 감정 이입한 거 아니에요?

여자   그런가요?

남자   미안한 마음도 충분히 이해가 가고 그 고양이도 안됐지만, 너무 감성적으로 생각하는 거 같아요.

여자	그럴 수도 있죠. 이제 출발할까요?
남자	내가 실수했나요? 미안해요.
여자	아니에요. 제가 오늘 처음 만난 사람한테 너무 주접이었어요. 해지기 전에 출발해요.
남자	그래요.

남자와 여자, 오토바이에 올라탄다.
여자는 헬멧을 쓰려다 쓰지 않는다.

남자	헬멧 안 써요?
여자	안 쓸래요.
남자	위험할 텐데.
여자	괜찮아요.
남자	…… 그럼 바구니에 넣을게요. 줘요.
여자	고마워요.
남자	출발할게요.

오토바이는 다시 달린다.
여자의 머리카락이 바람에 흩날린다.
둘은 한동안 말이 없다.
오토바이는 점점 시 외곽으로 달린다.

남자	이제 외곽으로 나왔네요. 안 추워요?
여자	안 추워요.
남자	얼마나 더 갈까요?
여자	얼마나 더 갈 수 있어요?

남자	마음은 아직 그대로죠?
여자	네.
남자	그럼 그쪽이 원하는 만큼 가요.
여자	…… 일단 더 달려요. 오토바이 위에서 바람맞는 거 생각보다 기분 좋네요.
남자	이제 어디가 나올지 저도 몰라요.
여자	괜찮아요! (큰 소리로) 아, 좋다!

여자, 오토바이를 잡고 있던 손을 놓고 두 팔을 크게 벌린다.

남자	어! 위험해요.
여자	괜찮아요.
남자	손잡이 잡아요!
여자	아, 좋다!
남자	(오토바이 속도를 줄이며) 손잡이 안 잡으면 나 멈출 거예요?
여자	치, 알았어요.

여자, 아쉬워하며 손잡이를 다시 잡는다.

여자	잡았어요. 손 안 놓을 테니까 빨리 달려요.
남자	한 번만 더 놓으면 버리고 갈 거예요.
여자	네, 네.

남자, 속도를 다시 높인다.
여자는 밝은 표정으로 주변 풍경을 구경한다.
남자는 계속 사이드미러로 여자를 힐끗 쳐다본다.

남자	저기요.
여자	네?
남자	근데 왜 죽고 싶어요?
여자	네?
남자	왜 죽고 싶냐고요.
여자	…….
남자	혹시 고양이 때문에 죽고 싶다는 건 아니죠?
여자	그렇다면요?

오토바이가 신호에 걸려 잠시 멈춘다.

여자	앞에 차도 없는데 그냥 신호 무시하고 달리면 안 돼요?
남자	내가 잘못 들은 거 아니죠?
여자	뭐가요?
남자	진짜 고작 고양이 때문에 죽으려고 한다고요?
여자	고작 고양이요?
남자	네. 고작 고양이요.

여자, 남자의 말에 화가 나 오토바이에서 내려 인도로 걸어간다.
남자 놀라서 급하게 갓길에 오토바이를 세우고 내려서 여자를 따라간다.

남자	미쳤어요? 도로 한복판에서 갑자기 내리면 어떡해요? 그러다가 차에 치이기라도 하면 어떡하려고.
여자	뭐 어때요? 이렇게 죽으나 저렇게 죽으나 죽는 건 같은데. 왜 따라와요?
남자	처음에 한 말 잊었어요? 다른 사람들한테 피해는 주지 말자고

했잖아요. 그래서 차가 거의 없는 외곽으로 가는 거고. 그리고 이렇게 갑자기 가버리면 따라오지, 안 따라와요? 여기 내려서 뭘 어떻게 할 건데요?

여자 생각 안 해봤어요. 오늘 우리가 생각하고 움직인 적 있나요? 그냥 마음 가는 대로 내려서, 마음 가는 대로 걸어왔어요. 왜요?

남자 아니, 내 말이 그렇게 기분 나빠요? 반려동물의 죽음이 너무 슬퍼서 자살하겠다는 사람을 내가 어떻게 이해해요?

여자 그게 어때서요?

남자 어때서냐고요?

남자는 여자의 말에 화가 나지만 애써 참으며 이야기한다.

남자 그렇게 충동적인 이유인 줄 알았으면 처음부터 같이 오지도 않았어요.

여자 무슨 이유인지가 왜 중요한데요? 내가 시시콜콜 그쪽한테 '저는 이러이러한 이유 때문에 죽고 싶습니다.'라고 이야기해서 그쪽을 이해시켜야 하는 거예요? 그쪽이 생각하기에 죽을 만한 이유가 아니면 말리기라도 하려고요?

남자 그 말이 아니잖아요.

여자 그러는 댁은 그럼 대체 무슨 이유인데요? 뭐 얼마나 대단한 이유길래 그렇게 사람의 감정을 무시하는 건데요?

남자 나는! 보험금이 필요해요.

여자 역시 돈 때문이네요. 그럴 줄 알았어요.

남자 네. 역시 그놈의 돈 때문이에요. 돈 말고 더 큰 이유가 있을 게 있나요?

여자 아뇨. 너무 당연해서요.

남자	내 머리로는 아무리 생각해봐도 빠른 시간 안에 큰돈을 벌 수 있는 방법이 이것밖에 없어요. 자살하면 보험금이 안 나오니까, 사고로 보일 수 있는 가장 자연스러운 방법이 뭘까. 실패 없이 한 번에 죽을 수 있는 방법이 뭘까. 고민하고 또 고민했어요. 당신처럼 고상하게 반려동물 죽음 따위에 슬퍼하고 있을 시간이 없어요. 나는 오늘 꼭 죽어야만 한단 말이에요!

정적이 흐른다.
자동차들이 빠르게 지나가는 소리가 정적을 채운다.
여자, 벤치로 가 털썩 앉는다.

남자	…… 미안해요.
여자	어릴 때, 원장님이 늘 하던 말이 있었어요. '고상해야 한다.'
남자	원장님이요?
여자	네. 제가 살던 보육원의 원장님이요.
남자	(화를 낸 것이 살짝 미안한 듯 벤치로 가 앉으며) 보육원…….
여자	거기 원장님이 입버릇처럼 하던 말이 '고아인 것 티 안 나게 고상하게 행동해야 한다. 너희들이 바르게 행동해야 내가 욕을 안 먹는다.'였어요. 정작 원장님은 욕을 입에 달고 사셨지만요.
남자	아이러니하네요.
여자	제가 아까 학교 그만두고 일 시작했다고 했었잖아요. 그거 제 의지가 아니었어요. 원래 고등학교를 졸업하고 퇴소하게 되는데, 고등학교 2학년 때쯤 새로 들어오는 아이들이 갑자기 많아지면서 눈치를 많이 받았어요. 그래서 생각보다 빨리 독립하게 됐죠.

사이

여자   고양이는 어릴 때부터 너무 키우고 싶었어요. 초등학생 때, 같
은 반 친구가 자기 동생이라면서 고양이 사진을 보여주는데 얼
마나 예쁘던지……. 어린 마음에 원장님한테 이야기했다가 쫓
겨날 뻔했어요. 그래서 독립하면 고양이 키우는 게 첫 번째 꿈
이었죠. 처음으로 생긴 내 가족이었어요.

남자와 여자, 잠시 말이 없다.
남자가 어렵게 입을 뗀다.

남자   제가 사이트에 같이 죽을 사람 찾는다고 글 썼을 때, 댓글 단
여러 사람 중에 왜 당신한테만 쪽지 보낸 줄 알아요?
여자   어? 쪽지를 저한테만 보냈다고요?
남자   네. 당신한테만 보냈어요.
여자   몰랐어요. 전 그냥 그 댓글 단 사람들 중에 마침 저랑 시간이
맞은 줄 알았는데.
남자   글을 쓰면서 같이 갈 사람이 충동적으로 가자고 했다가 중간에
돌아가자고 하는 건 아닌지 걱정됐어요. 그래서 쪽지 보내기
전에 댓글 단 사람들 아이디로 글 쓴 거 다 검색해 봤어요.
유일하게 아무 글도, 댓글도 안 쓴 사람이 당신이었어요. 그래
서 더 확신이 들었어요. '아, 이 사람은 그냥 하는 말이 아니구
나. 진짜구나.' 하고요. 당신이랑 연락되고 나서는 제가 썼던
글도 지웠고요.
여자   만약 제가 어제라도 갑자기 안 간다고 했으면요?
남자   그럼 저 혼자 갔을 거예요.

여자   그럼 처음부터 혼자 가면 되지 같이 갈 사람은 왜 구한 거예요?

남자   누군가는 서로가 서로의 죽음을 알아줬으면 해서요. 죽기로 마음먹고 이것저것 준비하면서 엄청 외롭더라고요. 그래도 '나, 이렇게 노력했다.'라는 걸 단 한 명이라도 알아주면 내 행동에 확신이 생길 것 같았어요.

여자   오빠, 사실은 죽고 싶지 않은 거죠?

남자는 여자의 말을 못 들은 척 말을 돌린다.

남자   젊은 여자분인 거 알고는 더 좋았어요.

여자   뭐예요. 갑자기 무섭게.

남자   (당황하며) 아, 아니. 뭘 어떻게 해보겠다 그런 게 아니라, 우리가 발견됐을 때 그래도 연인으로 보이면 의심을 덜 살까 해서요. 여행가다가 사고가 난 것처럼 보일 것 같아서.

여자   연인이요? 저 여태 남자친구 사귀어본 적 없는데. 죽고 나서 애인이 생기겠네요.

여자와 남자 웃는다.
어느새 하늘엔 노을이 진다.
남자, 노을을 멍하니 바라본다.

남자   노을 지네요.

여자   네. 그렇네요.

남자   노을…… 정말 오랜만에 봐요. 이 시간에 이렇게 밖에 있었던 적이 없어서.

여자   저도요.

　　　　　남자와 여자가 한참 동안 노을 감상에 빠진다.
　　　　　둘의 표정이 점차 평온해진다.

여자　　노을 정말 예쁘네요.

남자　　그쪽도 예뻐요.

여자　　네?

남자　　너무 예뻐요. 이렇게 죽기 아깝다고요.

여자　　갑자기 무슨 소리예요.

남자　　사실 오늘 그쪽을 만나고 후회했어요.

여자　　왜요. 제가 마음을 바꿀 것 같아서요?

남자　　아뇨. 제 생각보다 너무 젊어서요. 더 살아갈 수 있을 것 같아서.

여자　　더 살면 달라질까요?

남자　　그건 모르죠. 하지만 아직 산 날보다 살 날이 더 많이 남았잖아요. 여태까지의 삶은 힘들었지만, 앞으로 어떻게 될지는 아무도 모르는 거니까 조금 더 노력해볼 수 있잖아요.

　　　　　남자의 말에 여자의 표정이 복잡해진다.
　　　　　남자는 괜히 주머니 속의 담뱃갑을 만지작거린다.

여자　　그럼 오빠도 살아요.

남자　　전 지금 당장 큰돈이 필요해요.

여자　　돈이 왜 필요한지, 얼마나 필요한지는 안 물어볼게요. 그런데 꼭 죽어야지만 해결할 수 있는 거예요? 돈만 있으면 안 죽어도 되는 거 아니에요?

남자　　하지만…….

여자	저 열심히 일만 해서 모아놓은 돈 좀 있는데, 그거라도 빌려드
	릴까요?
남자	네?
여자	오빠, 사실은 죽고 싶지 않잖아요.

남자, 여자의 말을 듣고 옅은 미소를 짓는다.
남자의 표정을 본 여자도 미소를 짓는다.

남자	알겠어요. 돌아가요. 그런데……
여자	해 지는 거만 다 보고 돌아가요.
남자	어? 저도 그 말 하려고 했어요.
여자	통했네요.
남자	(민망한 듯 고개를 돌린다) 노을이 너무 예뻐서…….

남자와 여자 말없이 노을을 바라본다.
무대 어두워진다.

3.

늦은 밤, 여자의 집 앞이다.
여자가 남자를 배웅하고 있다.
둘은 마치 연인 사이처럼 보인다.

여자	데려다줘서 고마워요. 집 앞까지는 안 와도 되는데.
남자	우리가 생각보다 너무 멀리까지 갔었나 봐요. 지금은 너무 늦
	어서 버스도 없어요.
여자	연인 사이가 될 뻔해서 그런지 몰라도 남자친구가 바래다주는

거 같네요. 애인이 집 앞까지 바래다주는 게 이런 기분인가?

남자 아마도 지금보다는 조금 더 다정하겠죠?

여자 (웃으며) 반가웠어요.

남자 저도요.

여자 오늘, 즐거웠어요.

남자 저도요.

여자는 남자에게 무슨 말을 더하려다 멈춘다.

둘 사이엔 어색한 침묵이 흐른다.

여자 조심해서 가요.

남자 네. 얼른 들어가요.

여자, 주머니에서 만 원짜리 지폐를 한 장 꺼낸다.

여자 현금이 이것밖에 없네요. 얼마 안 되지만 가다가 따뜻한 국밥 한 그릇 먹어요. 새벽에 오토바이 타면 춥잖아요.

남자 괜찮아요. 저 돈 있어요.

여자 고마워서 주는 거예요. 받아줘요.

남자, 잠시 망설이다 여자가 건네는 돈을 받는다.

남자 그럼, 잘 먹을게요.

여자 별말씀을요. 저 들어갈게요. 조심해서 가요.

남자 네, 네. 얼른 들어가요.

여자, 무대에서 사라진다.

남자, 여자의 뒷모습을 쳐다보다 손에 쥔 지폐를 물끄러미 바라본다.

무언가를 잠시 고민하는 듯 담배를 하나 꺼내 문다.

담뱃갑 안을 보는데 비어있다.

잠시 안을 바라보던 남자는 담뱃갑을 구겨 던져버린다.

이내 결심한 듯 지폐를 주머니에 넣고 오토바이에 올라탄다.

출발한 남자는 잠시 후 어딘가에 도착하고, 오토바이에서 내린다.

남자   저기요. 여기 기름 만땅으로 채워 주세요.

무대 어두워지며 뉴스 앵커의 목소리가 들려온다.

'지난밤 중구의 한 원룸에서 자살로 추정되는 여성의 시체가 발견됐습니다. 발견 당시 현장에는 부패가 상당히 진행된 동물 사체와 함께 있었던 것으로 전해집니다. 정황상 피해 여성은 평소 상당한 우울증을 겪으며 사체를 방치한 채로 생활을 해 왔고, 결국 극단적인 선택을 한 것으로 보입니다……'

뉴스 앵커 소리 점점 작아지며 사라진다.

막.

　졸업이 다가오면서 마음 한구석에 숨겨두었던 연극에 대한 열망이 점점 커져 갔습니다. 교사를 바라는 엄마의 기대를 저버리기 힘들어 한동안 방황을 하다, 결국 엄마 몰래 연극을 시작했습니다.

　몇 년 동안 다양한 공연을 하면서 종이에 써진 글자들이 무대 위에서 살아 움직이는 것이 참 매력적이었습니다. 저도 직접 희곡을 써서 무대 위에 나만의 세계를 만들어보고 싶었습니다. 하지만 머릿속에 맴도는 여러 가지 생각들을 완성시키기란 결코 쉬운 일이 아니었습니다.

　그러다 대명공연예술센터의 '대명동엔 작가가 산다' 프로그램에 참여해 희곡을 제대로 배우기 시작했습니다. 내가 가지고 있는 생각과 주고 싶은 메시지를 글로 표현하는 것이 너무 즐거웠습니다. 그때를 계기로 본격적으로 희곡을 쓰기 시작했고, 신춘문예 당선이라는 아주 행복한 선물을 받았습니다. 이제 시작이라는 생각이 듭니다. 열심히 공부하며 좋은 작품을 남기는 작가가 되기 위해 노력하겠습니다.

　부족한 제 작품을 뽑아주신 심사위원님 감사드립니다. 덕분에 힘들었던 2020년을 행복하게 마무리할 수 있을 것 같습니다. 또, 조언과 격려를 아낌없이 해주시는 저의 길라잡이 안희철 선생님께 깊은 감사를 드립니다. 마지막으로 제 정신적인 지주 예병대 선배님 정말 감사드립니다.

서울신문 희곡 부문 당선작

블랙

■

우솔미

1994년 서울 출생
서울예술대학교 극작과 졸업

등장인물

수용 29세 / 벽을 허무는 집주인

이리 30세 / 벽을 허무는 집주인의 친구

옥형(노파) 88세 / 벽이 허물어지는 집 아랫집 거주자

때

2017년 어느 가을

장소

수용의 집

무대

벽이 있다. 벽의 좁은 면이 관객을 향하고 있다. 벽을 가운데 두고 하수로 붉은 조명, 상수로는 햇살 같은 밝은 조명.

붉은 조명은 빌라 주민들이 삼삼오오 돈을 모아 만든 '특수학교 설립 반대' 현수막의 붉은 천에 빛이 투과된 것이다.

무대 뒤쪽, 현관문이 벽과 같은 방향으로 있고 문과 이어지는 계단은 불투명한 박스와 닿는다. 박스는 사람 하나 충분히 들어갈 수 있는 크기로 옥형의 집이다. 옥형은 수용의 집 아래층에 사는 노파이지만, 우리가 만드는 것이 무대이니 만큼 상상력을 발휘하여 수용의 집보다 위에 있다고 약속하자.

공업용 마스크를 낀 수용 하수 등장. 낡은 후드와 트레이닝 바지 차림의 수용은 어딘가 무기력해 보이지만 분무기와 김장비닐을 든 손에는 비장함이 은근하게 뿜어져 나온다. 수용, 비닐을 바닥에 깐다. 아주 꼼꼼히.

그사이 이리, 상수 등장. 붉은 천을 허리와 목에 두르고 양손에 커다란 망치를 하나씩 끌고 온다.
옆이 트인 롱스커트 사이로 보이는 다리와 팔뚝의 타투들과 붉은 천, 망치의 조화는 길거리 행위 예술가를 연상시킨다.

이리	(붉은 방을 둘러보며 기운을 한껏 느껴본다) 느껴져. 느껴져, 느껴져! 느낌이 팍! 온다, 와.
수용	…
이리	딱이야, 딱. 아주 먹고 죽기 딱이야. (손을 까딱거리며 허공에서 술잔을 넘긴다) 뭐랄까, 아주 옥보단스러워.
수용	일조권을 침해받는 참혹한 현장이야. 전혀 옥보단스럽지 않아.
이리	하루만 빌려줘라. 네가 우리 집에 가서 자.
수용	얼마 줄 건데.
이리	얘 봐라. 무슨 돈을 달래. 서울 살더니 양아치 다 됐다.
수용	나 원래 서울에서 태어났는데?
이리	서울시장은 뿌듯하겠어. 서울시민이 이렇게 우정보다 돈이 먼저인 양아치라서.
수용	(가만히 생각에 빠져든다) 뿌듯하기보다는 머리 아프지 않을까. 네 말대로 서울에 살면 돈만 밝히는 양아치가 되면, 서울시민은 곧 양아치란 말인데. 이 많은 양아치들을 다 관리하려면 시장은 최고의 양아치가 해야겠네.
이리	하여튼. 또 이상하게 진지해지지. 으, 진지충. 헛소리는 됐고,

하루만 빌려줘.

수용   (마스크를 하나 주며) 네 룸메 코 골아서 싫어.

이리   오랜만에 나비랑 오붓하게 시간 좀 보내보자.

수용   나비?

이리   말 안 했나. 애인. 뉴 원.

수용   그새? 울고불고할 땐 언제고. 체력도 좋다.

이리   능력이 좋은 거지.

수용, 비닐을 다 깔고 일어서는데 비틀

이리   (곰곰이) 체력도 좋긴 해야겠다. 하여튼, 진짜 진지하게 말하는 거야. 하루만 빌려줘. 어? 알겠지?

수용   너 오늘 우리 집에 왜 왔어?

이리   네가 오라며 새끼야.

수용   내가 왜 오라고 했어?

이리   하, 진짜 장난치나. (가만 돌이켜보다 손에 망치를 보고) 아… 벽…!

수용   그래, 오늘이면 옥보단도 안녕인데. 뭘 자꾸 빌려 달래.

수용, 마스크를 끼고 벽 앞에 선다.

이리   진짜 하게?

수용, 이리에게 마스크 하나를 주고 망치 하나를 받는다. 심호흡.
수용, 벽을 내리친다. 엄청난 진동과 소음 그리고 뿌옇게 이는 먼지.
삭막함이 감돈다. 수용, 다시 벽을 내리치려는데 이리 말린다.

이리	야, 잠깐만.
수용	왜?
이리	아니, 아랫집에서 올라오겠어. 진동이 장난 아닌데?
수용	아랫집만 올라오냐. 엄청 커다란 직사각형 박스 하나에 벽을 댄 게 다인데. 다 쫓아오겠지.
이리	그냥 저번처럼 해. (몸에 두르고 있던 붉은 천을 흔들며) 두 번 했는데 세 번은 쉽지.
수용	세 번쨴 수선비를 청구하겠대.
이리	얼만데, 얼마면 되는데. 누나가 해결해 줄게. 멀쩡한 벽을 허무는 것보다는 수선비가 낫지 않냐.
수용	빛없이 사는 삶을 네가 알아? 숲세권 남향에 사는 네가 빛이 없어서 사람이 바싹바싹 말라가는 기분을 알 리가 없지. 머리랑 마음이 건조해지다 못해 바스러지는 기분이야.
이리	빛이 많아야 바싹바싹 마르지, 없는데 왜 말라. 그냥 문을 열어놓고 살던가.
수용	문이라는 건, 열고 닫으라고 있는 거야. 그게 문의 역할이지. 한 번 열면 언젠간 닫아야 제 역할을 다 하는 거라고. 닫히지 않는 문은 문이 아니지. 그럴 바엔 없는 게 나아.
이리	그럼 창문을 만들자.
수용	(벽을 치며) 만들고 있잖아. 엄청 커다란. 창틀도 없고 유리판도 필요 없는 실용적인 창문.
이리	극단적인 놈.
수용	뭐든 확실한 게 좋잖아.

수용, 다시 벽을 허물기 시작

이리　어떻게 세상이 모 아니면 도, 흑 아니면 백으로 굴러가. 너 그
　　　거 강박이야. 괜히 바짝바짝 마르는 게 아니라고. 그래도 뭐
　　　마른 장작이 잘 탄다더라.

（쿵）

수용　이렇게 살다 죽겠지 뭐.
이리　무모한 놈.

（쿵）

수용　생각해봤는데. 아무래도 나는 자살할 것 같아.
이리　또 데드타임! 웬일로 그냥 넘어가나 했다.
수용　데드타임?
이리　그래, 너 죽는다는 소리 하는 거.
수용　왜 사람들은 이름 짓길 좋아할까.
이리　언젠 병에 걸려 죽을 것 같다며.
수용　엄밀히 말하면 병이긴 하지. 내 죽음의 원인은 내 안에 우울이
　　　니까. 있지, 죽고 싶다는 생각을 한 번도 해본 적 없는 사람이
　　　세상에 있데. 말이 돼? 어떻게 그럴 수 있지? 세상을 그렇게 살
　　　아질 수가 있는 건가.
이리　오늘은 아니지?
수용　뭐가?
이리　데드타임
수용　오늘은 벽을 허물어야지.

그때, 관리실 방송. 수용과 이리, 방송이 나오는 천장을 가만 본다.

방송 아아, 관리실에서 알려드립니다. 잠시 후 2시부터 특수학교 설립 반대 관련 7차 회의가 있을 예정입니다. 회의 후 시위가 바로 시작되니, 참석을 희망하시는 모든 주민들은 2시, 아니 정정하겠습니다. 1시 50분까지 늦지 않게 관리실로…

수용 다 저기 가느라 벽이 무너지는지, 빌라가 무너지는지, 무슨 일이 일어나는지, 신경도 안 써. 그러니까 오늘 끝내야 돼.

수용, 다시 망치질을 시작하고
이리, 소음과 먼지 속에서 분무기로 물을 뿌려 먼지를 잠재운다.
이리저리 돌아다니던 이리, 수용의 얼굴에 물을 뿌린다.

수용 야!
이리 바싹바싹 마른다길래.

그때, 무대에 노파 등장. 노파가 있는 곳은 수용과 이리가 있는 공간과 다른 공간. 지팡이를 짚고 느린 걸음으로 나오는 노파는 명절에 자식이 사준 듯한 빳빳한 꽃무늬 재킷에 펑퍼짐한 배바지를 입고 낡은 크로스백을 맨 채 천천히, 아주 천천히 무대를 둘러 계단으로 향한다.

이리 (창밖을 보다) 야, 근데 저기에 아랫집 할머니는 없는 것 같다?
수용 네가 아랫집을 알아?
이리 오다가다 몇 번. 그 할머니가 좀 인상적이잖아. 정제되지 않은 순수함이 있다고 해야 되나? 직설적이면서 약간 자기방어적인 느낌이 물씬 나는 게 꽤 녹록지 않은 삶을 살았겠다 싶지.

괜히 과거를 상상하게 만들잖아.

수용   순수는 무슨. 그냥 괴팍한 할머니야. 아는 것도 없으면서 아는
      척만 하는 딱 옛날 사람.

이리   와우. 노인 혐오야?

수용   무슨 내가 그런 몰상식한 사람이야? 이건 정당한 혐오야.

이리   (웃음이 터진다) 세상에 정당한 혐오도 있어?

수용, 상의를 걷어 올리자 시퍼런 멍이 배에 크게 있다.

이리   그래, 언젠가 너 맞을 것 같더라.

수용   야.

이리   누구야, 누가 이랬어. 남의 집 귀한 자식을…
      왜 맞고 다니냐 너는, 속상하게.

수용   정제되지 않은 순수함을 갖고 계신 분.

이리   할머니한테? 이게 할머니가 만든 멍이라고?

수용   어.

이리   역시 호기심을 자극한다니까. 아니 그렇잖아. 지팡이에 겨우
      의지해서 걷는 할머니가… 또 네가 싹수없게 굴었지.

수용   내 싸가지도 가릴 건 가려.

이리   근데 진짜 왜 그런 건데?

수용   이름 석 자 부탁한 댓가야.

이리, 한쪽에 놓인 빈 서명지를 들어본다.

이리   자가인가?

수용   뭐?

이리	아니, 그 정도로 반대하는 거 보면. 강경한 표현이잖아.
수용	강경한 정도가 아니라 말 그대로 폭력적이지.
이리	너무 텅 비었다. 나라도 서명해줄까? 학교 설립 찬성해.
수용	너는 우리 구민이 아니라서 소용없어.

빌라 주민들의 소란스러운 소리. 장애학교 반대 시위가 시작됐다.

이리	서명이라는 게 굉장히 순수한 방식이야.
	동시에 직설적이기도 해. 굉장히 너답다.
수용	내가 순수하고 직설적이라고?
이리	나 이사 올까? 그럼 나도 지역구민 되잖아.
수용	됐어.
이리	나도 해본 말이다 뭐.
수용	불편과 불만을 말로만 하는 게 아니라 행동을 해야 해소되는 건 맞지. 그게 옳은 방향이야. 하지만… 그 사람들을 나쁘게 생각하지 않지만, 과연 옳은 방향인가 의문을 던질 수는 있잖아. 저 사람들 제대로 가고 있는 걸까. 어떻게 확신하고 있는 거지. 저 확신은 대체 어디서 오는 건데. 나는 그게 무지라고 생각해.

그 사이, 노파 집 앞에 도착해 가방을 뒤지고
깜빡깜빡하는 현관 비밀번호를 적어 놓은 노트를 찾는다.
이옥형이라 커다랗게 적힌 노트를 꺼내는데 노트 사이에서 날이 시퍼런
과도가 뚝! 떨어진다.

떨어진 건 작은 과도지만 운석이 떨어진 듯한 소리와 진동이 무대를 흔든
다. 수용과 이리의 시선은 자연스럽게 아래로 향하고

잠시 사이.

노파가 과도를 주워 넣는 그 사이, 무대에 흐르는 묘한 긴장감.
노파 천천히 과도를 집어넣고 비밀번호를 확인하곤 집으로 들어간다.

밖에 소리가 무대를 환기하고

이리 　(창밖을 보곤) 열정적이네. 그래도 생각해보면 너무 비난만 할
　　　 수 없는 문제이긴 해. (수용의 시선을 느끼고) 야, 레이저 나오겠
　　　 다. 분명히 말하는데 옹호하는 거 아니야. 그냥 공감 능력을 지
　　　 닌 인간으로서 감정이입을 해보자는 거지. 사실 그렇잖아. 누
　　　 가 좋아해, 동네에 특수학교가 들어서면 집값이 떨어진다는 말
　　　 도 있고.
수용 　부동산이 떨어진다는 실질적인 증거는 어디에도 없어. 집값이
　　　 떨어진다는 가설은 무지에서 시작된 삐뚤어진 믿음이야.

수용, 망치질을 시작한다.

이리 　그래 좋아, 뭐가 됐든. 그 믿음이 아틀라스처럼 세상을 지탱하
　　　 고 있잖아. 저 자리가 원래 학교 부지란 이유 말고 다른 이유는
　　　 뭔데. 학군 빵빵한 동네가 지하철로 네 정거장만 가면 되잖아.
　　　 그렇게 멀지도 않아. 공사부지 맞은편은 곱창에 포차, 막걸리
　　　 온갖 술집이 줄 서 있더만. 워싱턴 노래방 간판이 애들 하굣길
　　　 을 밝혀 주겠지. 이 동네보다는 그 동네가 백번 나아. 안 그래?
수용 　…
이리 　기시감 들지 않아?

수용	하고 싶은 말이 뭐야.
이리	한국전쟁 이후 국가적으로 밀고 있는 꽤 전통적인 방식인데. 그놈의 낙수효과야말로 삐뚤어진 믿음 아니야? 이게 진짜 먹힐 거라고 생각하는 뿌리 깊은 믿음. 네 말대로 무지에서 비롯된 거지. 될 놈만 건지고 나머지는 버리겠다는 걸 그럴듯하게 이름 붙여서 포장을 해요. 항상 그럴듯해 보이는 게 사람 눈 돌아가게 만들잖아. 난 그놈의 낙수효과가 대한민국을 이 지경으로 만들었다고 생각해.
수용	가부장제의 근본이라 생각하기도 하고.
이리	야 너. 짜식, 평소에 내 말을 아주 허투루 듣는 건 아니었구나.
수용	그럼. 귀는 문이 아니잖아. 닫히질 않아.
이리	그래서 내가 하고 싶은 말은.
수용	가끔은 닫혔으면 좋겠지만…
이리	삐뚤어진 세상을 바로잡는 건 중요해. 근데 이 망할 놈에 세상은 밑 빠진 독이라서 어딘가는 새게 되어 있잖아.
수용	왜 날 봐. 계속해.
이리	성장이 제1의 명분이 되는 시대는 흘러가고 있어. 이젠 희생의 이유도 살펴봐야 할 때가 왔다는 거지. 최소한의 납득과 보상은 있어야 한다는 말이야.
수용	애들만으로는 부족한 거야?
이리	뭐가?
수용	아이들이 배울 곳이 필요하다. 이걸로는 최소한의 납득과 보상으로 부족해?
이리	무엇보다 중요하지.
수용	꼭 물질적인 보상이 아니더라도 인류애적인 충만함을, 정신적인 보상을 얻을 수도 있어. 안 그래?

이리	…
수용	왜 아무 말도 안 해?
이리	것도 능력이야. 한 번에 양쪽을
수용	양쪽을 뭐
이리	아냐.

(쿵)

이리	하여튼 지금은 어떤 이유도 저 사람들한텐 먹히지 않을 수도 있어.

(쿵)

이리	(밖을 보며) 한껏 쫄아 있으니까. 나는 저 사람들의 확신이 무지에서 나온 게 아니라 이번에도 버려질 거란 공포에서 나왔다고 봐.

(쿵)

수용	시끄럽지?

수용, 음악을 튼다.

life is killing - type O negative

수용	소음에는 락이지.

소음은 음악소리에 묻히고 뿌연 먼지 사이로 둘, 망치질.
벽을 타고 온 진동이 노파의 아크릴 박스를 사정없이 흔든다.
노파, 공포에 질린 비명이 락에 묻히고

노파의 사정과는 별개로 망치질을 하는 수용과 이리의 모습은
오락실에서 게임을 하는 것 같기도 하고
등록금 인상에 반대 시위를 하는 프랑스 청년들의 모습과
겹쳐 보이기도 하고 어느 삭막한 공사장의 인부 같아 보이기도 하다.

일순간 음악이 멈추고 노파가 있는 불투명 박스에 조명

노파   아주 발광을 허네!

수용, 노래를 멈춘다.

이리   왜?
수용   뭐라고 하지 않았어?
이리   아니.
수용   (귀를 파며) 아닌가.
이리   살살해, 스윙에 감정이 실렸다. 누구 생각해?
수용   여럿 (쾅) 생각하지.

이리, 분무기로 먼지를 잠재운다.

수용   사람들이 타격감에서 스트레스를 푼다고 하잖아. 복싱이나
야구공 치는 것처럼. 아무래도 난 때리고 (쾅) 던지고 (쾅)

치고 박으면서 (쾅) 스트레스 푸는 거엔,
적합한 사람이 아닌 것 같아.

수용, 손목을 턴다.

이리 (덥다. 옷을 펄럭) 너도 참, 손목 아프단 말을 장황하게 한다.
수용 (보곤) 옷 빌려줄까?
이리 아니, 됐어.
수용 먼지 엄청 붙었네.
이리 블랙이 적나라하지.
수용 하나 가져다줄게.
이리 아냐, 됐어.
수용 아냐 가져다줄게.
이리 아니 괜찮아.
수용 불편해 보여 가져다줄게.
이리 진짜 괜찮다고.
수용 나도 진짜 괜찮아.
이리 아니. 괜찮다니까?
수용 왜 화를 내.
이리 화를 낸 게 아니라. 됐다고 했는데 못 알아들으니까.
　　　　크게 얘기해준 거지.
수용 아니 그게 아니라 나는
이리 남자들 종족 특성이야? 왜 노를 못 알아듣지? 강요하지 마.
수용 내가 언제 강요를 했다고 그래.
이리 방금.
수용 그냥 물어본 거잖아. 불편해 보이니까.

이리	필요 없다고 분명히 말했잖아. 일곱 번째로 말해줄게. 됐어. 필요 없어. 난 이 옷이 좋아. 불편하든 더러워지든 이미 나랑 한 몸이라고. 네가 신경 쓸 거 아니란 거지. 알겠어?
수용	그래. 그럼.

이리, 망치질

이리	넌. 매사에 모든 걸 통제해야 속이 시원해? 왜 그래?

(쾅)

이리	무지에서 나온 삐뚤어진 믿음? 웃기네. 야, 이름 짓기 좋아하는 건 나보다 네가 더 해.

벽을 마구 치며 쏟아낼 대로 쏟아낸 이리, 숨을 고르고 이내 머쓱해진다.

수용	…
이리	야. 미안하다.
수용	…
이리	미안하다고.
수용	어.
이리	된 거지?
수용	…
이리	미안해. 너도 알잖아. 내가 한 번씩 예민해지는 거.
수용	한 번씩이 아니잖아. 항상 예민해.
이리	항상은 아니지.

수용	맞아. 그리고 네가 알아둬야 할 게 있는데, 나도 너 못지않게 예민해. 난 화장실에 앉아서도 생각하는 걸 멈출 수 없어. 잘 때도 먹을 때도 머리가 빙글빙글 돌아서 미쳐버릴 것 같아. 어쩌면 이미 미쳐버린 걸지도 모르지. 차라리 미쳐버렸으면 좋겠다 싶어. 그게 더 확실하잖아. 어중간하게 미쳐있는 것보단 명백한 환자가 되는 게 낫지.
이리	무슨 그런 말이 있냐.
수용	나는 그렇다고. 정상도 아니고 비정상도 아닌 경계에 서서 가랑이가 찢어질 것 같은 기분을 네가 알아?
이리	알지. 내가 여자 좋아하는 건 알았을 때 그랬지.
수용	… 말이 나와서 말인데. 어머니한테 커밍아웃 언제 할 거야?
이리	갑자기 그 말이 왜 나와? 확실한 건 네 인생만, 내 인생은 내가 알아서.
수용	말이 나올 만하니까 하는 거야. 성 서방 밥은 잘 먹고 다녀? 불쑥불쑥 연락 올 때마다 무시도 못하고 답장도 못하고 얼마나 난감한 줄 알아? 3년이야. 이사 도와준 대가가 이렇게 부담스럽고 죄책감 드는 걸 줄 알았음 도와 달라고도 안 했지. 커밍아웃을 하느냐 마느냐는 네 선택이지만 나까지 죄책감 들게 만들지는 말아주라.
이리	… 말을 하지 그랬냐. 둘 다 입 꾹 다물고 있는데 내가 어떻게 알아.
수용	나는 그렇다 쳐도 너희 어머니는 아니었을 걸. 네가 보기에 내가 무모하고 강박적으로 보이겠지만 내가 볼 때 넌 무책임하게 도망만 다니는 걸로 보여. 시간은 문제를 해결해 주지 않아. 그냥 유예시킬 뿐이지. 편한 선택은 그만할 때도 됐잖아?
이리	내가 편하게 사는 것 같아?

수용	최소한 네 멋대로 사는 걸로는 보여.
이리	진짜 멋대로 사는 게 누군데. 세상이 어떻게 모 아니면 도로 돌아가. 불가능한 걸 바라면서 이게 왜 불가능하지 왜 이렇게 안 되지, 사람들이 왜 서명을 안 해주지. 하루라도 징징거리는 건 멈추고 저 사람들이 왜 저러는지 궁금해 하긴 해봤어? 아니지. 네가 생각할 때 저 사람들은 나쁜 사람이니까. 안 그래? 그렇게 결론지었잖아. 왜? 그게 쉽고 편하니까.
수용	그래! 맞아! 왜냐고? 누구나 배울 권리가 있으니까!
이리	정신적 보상 같은 소리하고 있네! 누가 아니래?
수용	아니라잖아! 그러니까 저러지.

수용과 이리 사이에 침묵이 잠시 흐른다.

이리	내 말 듣긴 했니?
수용	내 귀는 문이 아니니까.
이리	칸트도 너보단 융통성 있을 거야. 알지 칸트? 골방에 틀어 박혀서 글만 쓰던 외톨이. 제발 사람 좀 만나. 글로 배우지 말고. 그러다가 너도 청혼 승낙만 7년 고민하는 수가 있어. 결혼해야 하는 이유 354가지, 해야 하지 말아야 하는 이유 350가지 쓰면서.
수용	… 내내 날 그렇게 생각했어?
이리	언제부터 내 생각이 중요했냐. 넌 너 이외의 사람들은 다 멍청하고 덜떨어졌다고 생각하잖아.
수용	내가 언제
이리	자신을 한 번 돌아봐.
수용	… 그만 가주라.

이리	왜 도와 달라며. 아, 그래서 불렀니? 옛말에 무식한 놈이 힘세
	다고 이런 일엔 내가 나서야지.
수용	됐어, 가. 네 도움 필요 없어.
이리	정말?
수용	그래
이리	후회 안 하지?
수용	그래! 정말 진짜로 필요 없어.
이리	그래 그럼!

이리, 돌아갈 채비 하는데 초인종 소리.
수용, 현관으로 가(계단의 문이 아닌 객석을 향해) 손님을 확인하는데

이리	간다.

수용, 이리를 잡고 숨을 죽인다.

이리	왜?

문 두드리는 소리

이리	냐.
수용	(속삭이듯) 아랫집.
이리	이런 게 자승자박이란 거다.

이리, 문으로 향하고

수용	어디 가.
이리	가라며.
수용	할머니 가면 가.
이리	벽은 허물면서 저깟 문은 하나 못 여냐.
수용	그게 아니라. 손에 뭐가 있어.
이리	뭐?
수용	몰라. 뾰족하고 날카로운 걸 쥐고 있어.
	송곳이나 드라이버 같아.

이리, 현관(객석을 향해)으로 가 보면
커다란 스크린에 할머니의 모습이 뜬다.
모니터로 보이는 노파는 인터폰 렌즈에 왜곡된 모습이다.
괴이하고 위협적으로 느껴진다.

이리	진짜네…
수용	잘못하다간 오늘 피 보겠어.
이리	피는 무슨.
수용	말했잖아 전형적인 옛날 사람이라고.
이리	나도 난데 너 너무 고정관념으로 뚤뚤 뭉친 거 아니냐.
	그냥 할머니야. 우리랑 똑같은 사람이라고.
수용	네가 안 맞아 봐서 그래!
이리	쫄았구만.
수용	… 얼마나 아픈데.

이리, 다시 현관으로 가 동태를 살피곤

이리	안 가시네…
수용	그냥 없는 척하자. 층간 소음에 살인도 난다잖아.
이리	그 난리를 쳤는데 없는 척이 돼?
수용	해보고 말해. 왜 안 해보고 그래?
이리	넌 이상한 데서 긍정적이다?
수용	넌 남 일에만 용기를 내잖아.
이리	그래, 알겠어. 집주인 마음대로 해.
	말 그대로 집주인이 주인이니까.

이리, 가방을 대충 던지곤 의자에 털썩 앉는다.
가만 보던 수용은 멀찍이 떨어진 바닥에 앉는다.

이리	왜 바닥에 앉아?
수용	왜.
이리	지금 눈치 주냐.
수용	그건 무슨 피해망상이야.
이리	네가 나중에 또 뭐라고 할까 봐 그렇지.
	불만 있을 땐 말 안 하고 한참 지나서 말하잖아.
수용	내가 쌓아두는 게 아니라 네가 같은 실수를 반복하는 거지.
이리	실수가 실순지 어떻게 알아, 말을 안 하는데.
수용	어떻게 몰라?
이리	넌 아니?
수용	당연하지. 내가 네 입장이었으면.
이리	그런 가정은 하지 말자. 넌 내가 아니잖아. 나도 네가 아니고.
수용	상식에 대한 얘기야.
이리	이젠 내가 상식도 없다?

수용	(난감하지만 거짓말을 할 순 없지) 가끔.
이리	너한테 난 대체 뭐냐?
수용	친구.
이리	원래 친구한테 이래? 아님 나한테만 이래?
수용	내가 뭘…
이리	방금!
수용	조용히 해.
이리	내가 상식이 없다며 아까는 정상 아니라고 하더니
	넌 상식도 없고 정상도 아닌 애랑 왜 친구 하냐.
노파	(문 쿵쿵) 안에 없어? 있지?
수용	가끔 그렇다고. 왜 이렇게 발끈해?
	나도 가끔은 상식 없이 굴어.
이리	정말 박수를 보낸다.
노파	있네. 문 좀 열어봐, 총각!
이리	저 할머니 말귀 어두운 거 맞아?
	별로 크게 말 안 하는데 다 들어.
수용	그래 내가 미안하다. 미안해.
이리	아이고, 엎드려 절 받기다.
수용	그래, 그것도 내가 미안해.
이리	할머니 아니었음 절대 안 했을 말이지.

노파의 문 두드리는 소리가 요란하다.
수용, 무릎을 꿇는다.

이리	뭐하냐?
수용	미안.

이리	일어나…!

수용이 일어나지 않자 이리도 같이 무릎 꿇고

이리	뭐 하자는 거야.
수용	네 방식대로 사과하잖아.
이리	이게 무슨 내 방식이야.
수용	날 감정적으로 굴복시키고 싶어 하잖아.
이리	날 그런 쓰레기로 봤어?
수용	내 사과를 사과로 인정하질 않잖아.
이리	그건 맞는데
수용	그것 봐.

이리, 노파가 만들어내는 소음과 수용의 행동에 머리가 터질듯하다.

이리	나중에 하자. 제자리걸음이야. 차라리 저쪽을 선택할래.

수용, 이리의 바짓가랑이를 잡고

이리	뭐해…!
수용	가지 마.
이리	왜 이래, 얘가…!
수용	이대로 나갔다가 무슨 일을 당할 줄 알고!
이리	하지 마. 기분 되게 이상해.

두 사람 잠시 실랑이를 벌인다.

그 순간 노파의 문 두드리는 소리가 멈춘다. 두 사람 문을 가만 바라보고. 노파, 집 안 소리를 듣기 위해 문에 귀를 대본다.

이리　봐, 조용해졌어.

수용　안 갈 거지?

이리　어!

수용, 이리를 놓아준다. 이리, 문으로 향하니 수용은 움찔거리고

이리　안 가!

이리, 문에 귀를 대본다.

수용　(조심스레) 갔어?

이리　(속삭이며) 몰라.

노파　이봐!

이리, 화들짝 놀라 되돌아온다.

수용　거봐.

이리　오늘 무슨 날이냐. 미치겠네. 벽하고 말하는 것 같아.

수용　나 말하는 거야?

이리　총체적으로 다.

노파, 문틈에 종이 한 장을 껴놓고 돌아간다.

수용	내가 벽이면, 나도 이렇게 부숴버릴 거야?
이리	부수는 건 네 아이디어잖아. 귀찮게 뭐 하러 그래. 나였음 그냥 이사 갔어.
수용	… 지금 절교 선언한 거야?
이리	아니. 뭐래 정말. 지금 벽 얘기하던 거 아니었어?
수용	그래, 벽 얘기하고 있었지. 네가 벽이랑 얘기하는 것 같다며.
이리	아니, 내가 말한 벽은 이 벽이고, 나라면 그냥 이사를 갔을 거라고! 네가 말한 벽은 그러니까 너고 네가 벽이라면 나는 이사를 가는 게 아니라, 그냥 문을 하나 내든가 창문을 하나 뚫든가 어? 뭐가 이렇게 어렵지. 울어?

이리, 적잖이 당황스럽다. (이쯤 노파는 자리를 뜨고)

수용	…
이리	미안해.
수용	네가 왜 사과하는데?
이리	내가 남자 눈물에 약하잖아. 몰라, 그냥 튀어나왔어. 넌 왜 우는데. 무슨 일 있어? 오늘이 그 날은 아니지? 아까 분명히 아니라고 했다?
수용	무슨 날
이리	데드타임.
수용	아니야. 그냥… 조기 갱년기 같아.
이리	이제 스물아홉이 웃기네
수용	아예 가능성 없는 얘기는 아니지. 요즘 애들 사춘기 일찍 온다며. 아니면 비타민D 부족 우울증이던가. 모르겠어. 세상에 거대한 벽이 느껴져.

이리	세상에 혼자 남은 것 같고?
수용	너도 그래?
이리	생리 전 증후군이 딱 그래. 너도 정신적 생리하니?
수용	장난치지 마. (사이) 나는 그냥 햇빛을 보고 살고 싶어. 내가 너무 많은 걸 바라는 건가.
이리	내가 아까 했던 말은….
수용	동구에 특수학교 설립이 2012년에 결정됐어. 근데 어떻게 된 줄 알아? 예정대로라면 올해 3월에 개교를 해야 했거든? 근데 아직 벽돌 한 장 못 얹었어. 여기는 그렇게 되면 안 되는데… 희망이 안 보여…
이리	희용소는 눈에 보이는 게 아니지.
수용	희용소?
이리	희망, 용기, 소망. 희용소.
수용	(한숨) 오늘은 그냥 아무 말도 하지 마.
이리	장난치는 거 아냐. (잠시 생각을 고른다) 사랑이 눈에 보이니? 느끼는 거지. 사람을 움직이는 건 생각보다 사소해. 아주 작은 떨림이면 충분하거든? 나는 내가 처음 좋아했던 애를 떠올리면 지금도 손끝이 떨려. 심장은 말할 것도 없지. 여기서부터 뿜어져 나오는 파동이니까. 내가 그 애랑 잘 되지 않았다고 해서 걜 사랑하지 않게 되는 걸까? 내 첫사랑은 지독한 이성애자고 나는 더 지독한 레즈비언이라서 영원히 평행선에 설 수밖에 없지만, 걘 여전히 내 첫사랑이야. 결과가 본질을 대변하지 않는다고. 희망도 똑같아. 느끼는 거지.
수용	그러면 더 확실하네. 왜냐면 내가 요 근래 느끼고 있는 건 절망과 인류에 대한 혐오뿐이거든.
이리	진동을 만들고 있어서 그런 거 아닐까. 네가 심장인가 보지,

네가 망치인 거야. 아까 망치질해봐서 알잖아. 망치질하는 놈 손목은 아작나는 거라고. 그래서 네가 지금 힘들고 또 뭐냐, 절망과 인류에 대한 혐오를 느끼는 거야. 누군가는 네가 만든 진동을 느끼고 있어.

수용 … 희망 사항이다.

이리 최소한 나는 느껴. 그러니까 너무 그러지 마.

이리, 수용의 곁으로 가 가만 안아 준다. 수용, 이리의 어깨에 머리를 가만 기댄다. 이리의 서툰 위로가 마음에 닿는다.

수용 내가 여자가 되면 날 사랑해 줄래?

이리 무슨 소리야.

수용 몰라, 그냥 튀어나왔어.

이리 난 널 사랑해. 네가 나에게 주는 스트레스와 삶의 충만함을 어떻게 외면할 수 있겠어.

수용 스트레스는 알겠는데 삶의 충만함은 뭐야?
         내가 너한테 그런 걸 줘?

이리 응.

수용 …

수용, 쿵쾅쿵쾅 뛰는 심장을 느끼며 일어서 문으로 향한다.

이리 왜?

수용 좀 덥지 않아? 난 좀 덥네.

이리 열게?

수용 어. 열어드리게.

이리　이제 안 무서워?

수용　아니. 어. 아니. 내가 언제 무서워했다고 그러냐. 그냥, 혼란스
　　　러웠던 거지… 가신 것 같기도 하고. 아직 계시면 나한테 정말
　　　하고 싶은 말이 있는 걸 테니까…

이리　갑자기 용감해졌네.

수용　도와주겠지 뭐…

　　　이리, 그런 수용을 보며 미소 짓고
　　　수용, 머쓱하게 돌아서며 현관문(계단에 있는 문)을 연다.
　　　무대 위 작은 무대, 노파는 종이 한 장을 날려 보낸다.
　　　종이는 수용 앞으로 떨어진다. 특수학교 설립 찬성 서명서다.

이리　뭐가 적혀 있는데?

　　　수용과 이리, 적힌 글을 보고

　　　내가 배움이 짧아 글을 몰랐습니다.
　　　그런데 이제는 알게 되어 늦게나마 표를 줍니다.
　　　내 이름 석 자가 좋은 일에 쓰여 참 기쁩니다.
　　　고맙습니다. 그리고 아프게 해서 미안합니다.
　　　이웃사촌 김옥형.

　　　옥형이 있는 아래를 본다.
　　　글쓰기 연습을 하는 옥형의 모습에서 암전.

　　　막.

당선 전화를 받던 순간 '드디어… 올 게 왔구나…!' 싶었습니다. 전화기 너머 이 남자는 송파서 수사관일까 아니면 중앙지검 검사일까. 월에 얼마를 버는지, 요금제는 뭘 쓰고 있는지, 보이스피싱에도 취업 시장이 있는지. 이것저것 물어볼 수 있으면 좋겠다고 생각했습니다. 당선 소감을 쓰고 있는 지금도 어쩌면 당선된 게 아니라 체계 있는 조직에 코를 꿰인 게 아닐까 생각이 들 정도로 믿기지 않습니다. 작년보다 올해의 글이 더 나아졌다는 생각은 스스로 하는 위로라 생각했는데, 위로가 아니라 사실이라 확인한 것 같아 기쁩니다.

몇 편의 단편 희곡을 썼지만 〈블랙〉은 제게 선언문 같은 의미가 있습니다. 사회의 불균형과 소외된 삶들에 대해 고민만 하던 제가 이야기를 쓸 자격이 있을까 주저하다 쓴 첫 글입니다. 연극이라는 창을 통해 세상을 말하고 싶다고 언제나 희망했습니다. 그 시작을 〈블랙〉으로 할 수 있어 설레는 마음이 울렁거려 어지러울 지경입니다.

작가를 하겠다며 나서는 딸자식을 지지해 주신 부모님께 영광을 돌립니다. 부족한 글에 숨겨진 가능성을 봐주신 심사위원님께 진심으로 감사 인사를 드립니다. 언제나 응원의 말을 아끼지 않던 나의 가장 친한 두 친구에게도 매 순간 함께 해줘서 고맙다고 말하고 싶습니다. 삶과 꿈의 간극에 외로워질 때 위로가 되어주었던 두 동지에게도 감사의 인사를 드립니다. 마지막으로 당선 전화를 주신 기자님께 보이스피싱으로 오해해 죄송하다는 말씀을 드리며 코로나로 힘든 시기에 노력하고 있는 모두에게 〈블랙〉을 바칩니다.

조선일보 희곡 부문 당선작

삼대

■

임규연

2000년생
백석예술대학교 1학년 재학 중

등장인물

동만   80. 남. 안락사 대상자인 할아버지.

호회   58. 남. 동만을 위해 방공호를 만든 아들.

규범   26. 남. 동만의 안락사 집행관인 손자.

윤희   49. 여. 호회의 전처.

시간

여름. 자정 무렵에서 동틀 녘까지.

장소

오래되고 허름한 단독주택.

무대

중앙에 앉은뱅이 식탁이 있다. 그 위에는 시계가 있다. 좌편에는 좁은 방공호가 있다. 방공호의 문은 커튼으로 가려져 있다. 방공호 구석에는 오래된 라디오와 물이 나오지 않는 변기가 있다. 우편에는 미닫이식 현관문이 있다.

암전 상태에서 망치질하는 소리. 조명 켜지면, 호희가 방공호 안에서 변기를 수리하고 있다. 문 닫힌 방공호 밖에서 동만은 휑한 식탁 앞에 앉아 시계를 노려보고 있다. 웃소매로 땀이 나는 이마를 문지른 호희가 변기 레버를 누른다. 변기의 물은 차오르지 않는다. 호희는 레버를 몇 번 더 누르다 포기하고 망치를 내려놓는다.

호희   (라디오를 들어 이곳저곳 살피다 한숨) 티브이라도 놔드릴 걸 그랬나… (후회하다 고개를 세차게 젓는다) 아냐. 괜히 주변에 의심만 살 거야. (라디오를 켜서 신호를 잡는다) 좋기만 하네, 뭐…

호희, 웃으며 라디오 채널을 바꾼다.

DJ   (목소리만) 지난 새벽, 80세 노인 안락사 법안이 노인의 인권을 침해한다고 주장한 인권단체가 국회를 무단 점거하는 사태가 일어났습니다. (호희의 얼굴에서 웃음기가 사라진다) 그러나 지난봄 실시했던 관련 통계에 의하면 국민 다수가 법안 유지에 찬성하여 한동안 법안 폐지는 거론되지 않을 전망입니다.

호희, 홀린 듯 라디오의 음량을 키운다.

DJ   (목소리만) 이 법안은 2020년 코로나 사태 이후 환경 오염으로 말미암은 식량난 때문에 청년들의 부양 부담이 과중하여 마련된 정부의 대처 방안인데요. 80세의 노인을 안락사하는 것이 법안의 주요 내용입니다. 이를 통해 안락사 집행관이라는 새로운 일자리가 창출되었으며 법안 실시 이전보다 청년들의 자살률은 낮아지고 행복도는 상승했음을 여러 통계 자료에서 확인할 수 있습니다. (활발하게) 우리 청취자 여러분은 이 상황을 어떻게 보시나요? (웃으며) 네, 4028님이 의견을 보내주셨는데요. 저 또한 노인 부양은 청년의 의무가 아니란 것에 동의합니다.

호희가 라디오를 확 끈다.

호희   염병하네…

호희, 망치 넣은 공구함 들고 방공호 밖으로 나온다. 동만은 여전히 시계를 노려보고 있다.

호희   (공구함을 구석에 내려놓고) 아버지, 시장하시죠?
동만   (고개를 젓는다)
호희   에이, (밝은 척하며) 그래도 생일상은 받으셔야지. 조금만 기다리세요.
동만   (호희를 바라본다)
호희   (개의치 않고 바쁘게 음식들을 나른다)
동만   (한숨)

호희가 몇 번 왔다 갔다 하자 식탁 위는 곧 음식들로 가득 찬다. 동만은 음식들을 외면한 채 보리차만 벌컥벌컥 마신다.

동만   (끊임없이 음식을 나르는 호희를 바라본다) 그만 가져와라.
호희   (외면한다)
동만   (한숨) 다 못 먹는다.
호희   (고구마 케이크를 들고 온다) 이것만요.

동만 (호희를 바라본다)

호희 (동만을 바라보다 외면하고) 내일은 꽃게 매운탕 할게요.

동만 (시계를 바라보며) 내일…

호희가 식탁 앞에 앉는다. 동만은 육전이 담긴 그릇을 빤히 바라보다 바닥에 내려놓는다.

동만 이건 아껴뒀다가 너 먹어라.

호희 (외면하고 육전을 식탁 위에 올려놓는다)

동만 (다시 육전과 함께 여러 반찬을 바닥에 내려놓는다) 그럼 규범이한테라도 줘라. (씁쓸하게 웃으며) 그 애가 이걸 참 좋아했는데… 네엄만 너희가 올 때마다 이걸 한 소쿠리씩 해놓았어. 매번 지겹지도 않는지… 고 기름 냄새만 맡아도 뿌듯하다면서…

호희 (동만을 바라본다)

동만 할머니 보내자마자 부모가 이혼하고… 네 아들 참 힘들었을 게야. (숟가락 들며) 너무 나무랄 생각 마라. 험한 세상이잖니.

호희, 자기 국그릇에서 고기를 가득 퍼다 동만의 숟가락에 놓는다. 동만이 그것을 우적우적 씹어 삼킨다.

호희 아무리 그래도 저는 그놈 이해 못 해요. 말이 공무원이지, 사실 아버지 같은 사람들 골라 죽이는 저승사자 아니냐고요. (실소) 안락사 집행관? 다 저들 좋자고 하는 헛소리예요.

동만 더 말하지 마라. 걔 속도 말이 아닐 게다.

동만, 밥을 국에 말아 푹푹 떠먹는다.

호희   체하시겠네. 천천히 드세요.

호희가 김치를 손으로 쭉 찢어 동만의 숟가락 위에 놔준다. 김칫국물이
묻은 손가락을 쪽쪽 빤 호희는 밥을 한 술 떠먹는다. 동만은 호희를 바라
보다가 급하게 그릇을 비운다.

동만   (시계를 바라본다) 이제 오 분… ,
호희   (숟가락을 내려놓고 케이크에 긴 초를 여덟 개 꽂는다)
동만   사람은 세상 흘러가는 대로 산다. 그게 잘못인 줄 모르고 남들
          이 하니까 거기에 스며가는 거야. 안쓰럽고 딱한 거지.
호희   (주머니에서 라이터를 꺼내 초에 불을 붙인다) 아버지는… 그 애가
          밉지 않아요?
동만   (외면한다)

호희, 생일 축하 노래를 부른다. 동만은 노래가 끝나길 기다렸다가 초를
불어 끈다. 호희는 큰절을 한 번 하고 케이크를 잘라 동만의 밥그릇에 옮
겨준다.

호희   아버지 좋아하시는 고구마 맛이에요. 어젯밤에 사 온 거라 조
          금 굳었어.
동만   (미소 지으며 케이크를 떠먹는다) 괜찮아.
호희   (동만을 물끄러미 바라본다)
동만   입맛이 없어?
호희   (고개를 젓는다)
동만   그럼 왜 안 먹어.
호희   (고개를 푹 수그린다)

140

동만   근데 왜 그래?

호희, 눈물을 삼키기 위해 입안 가득 케이크를 욱여넣는다.

동만   말 좀 해보래도.
호희   아버지가… 불쌍해서……
동만   (괜찮은 척하며) 내가 왜? 뭐? 나는 아무렇지 않다. 그러니까 너
        도 울든지 웃든지 하나만 해.

동만, 케이크를 숟가락으로 푹푹 떠먹는다. 호희는 한 조각을 더 크게 잘
라 동만의 밥그릇에 놓는다.

동만   (도로 숟가락을 내려놓는다) 지금 아비를 배 터져 죽게 하려는 거
        야? 됐어, 네가 더 먹어라. 난 그만 먹으련다.
호희   (케이크를 한 입 크게 떠먹는다) 맛있네요.
동만   (호희를 바라보며 희미하게 웃는다)
호희   (숟가락을 내려놓고 시계를 본다) 이제… 들어가요.
동만   (시계를 본다)

시계 초침이 57, 58, 59의 눈금을 가리키다 숫자 12에 멈춘다. 시침과 초침
모두 12를 가리키고 있다. 자정을 알리는 알람이 울리고, 호희가 반사적
으로 알람을 끈다.

동만   (힘겹게 일어난다)
호희   (먹먹하게) 아버지…
동만   문 열어라. 가자.

호희   (손등으로 눈가를 쓱 문지른다)

동만   울기는.

벌떡 일어난 호희가 방공호로 다가간다. 비밀번호를 치고 방공호의 문을
연다. 동만이 그 뒤를 따른다.

호희   아버지, 들어오세요.

동만   (얼마간 안방을 둘러본다) 여길 또 나와볼 날이 있을까?

호희, 고개를 푹 숙인 채 외면한다. 동만은 허탈하게 웃는다.

동만   그래, 가자.

동만, 방공호로 다가간다. 호희가 방공호의 문을 닫고 그 위에 커튼을 친
다. 호희가 문 앞에 주저앉아 눈물을 흘린다. 동만은 닫힌 문을 바라보다
가 침구를 힘겹게 편다. 눕기 전 라디오를 틀어 이곳저곳의 버튼을 누른
다. 라디오에서 강진의 '땡벌' 후렴구가 흘러나온다. 동만은 좁은 방공호
를 둘러보며 노래를 따라 부른다.

동만   (쉰 목소리로) 난 이제 지쳤어요… 땡벌땡벌…… 기다리다 지쳤
어요 땡벌땡벌……

방공호 바깥에 있는 호희에겐 동만의 노랫소리가 들리지 않는다. 울던 호
희는 핸드폰이 진동하자 안락사 카운트다운 애플리케이션의 팝업 알람을
확인하고 진정한다.

호희	한 시간 안에 아버지를 구청에 신고하라고? 흥, 웃기는 소리. 우리 아버지는… (커튼으로 가려진 방공호를 흘긋 본다) 더 오래 사실 거야.

방공호 안, 동만은 덩실덩실 춤까지 추고 있다. 노래는 어느새 끊겨있다. 동만은 개의치 않고 계속 땡벌을 부른다.

동만	(흥이 나서) 혼자서는 이 밤이 너무너무 길어요…

노래를 다 부르자 호탕하게 웃던 동만은 곧 침묵한다. 라디오는 동만이 모르는 유행곡을 송출한다. 동만은 라디오를 끄고 바닥에 누워 잠을 청한다. 호희는 한참을 울다가 힘겹게 일어나 차렸던 상을 치우기 시작한다. 초인종이 울린다. 호희, 경계하며 문을 연다.

호희	(깜짝 놀라며) 당신…
윤희	오랜만이지? (호희 뒤를 슬쩍 본다) 들어가도 돼?
호희	(옆으로 비킨다)
윤희	(조심스럽게 신발을 벗고 안쪽으로 들어가 식탁 앞에 앉는다)
호희	(눈치 보다 윤희와 멀찍이 떨어져 앉는다) 이 시간에 어쩐 일이야.
윤희	오늘 아버님 팔순 아냐? (들고 온 쇼핑백을 호희 쪽으로 쓱 민다) 난 그런 줄 알고 왔는데.
호희	(쇼핑백을 외면하고 윤희를 바라본다) 알았어?
윤희	같이 산 세월이 얼만데 그걸 잊겠어. (시큰둥하게) 뭐, 이젠 내가 신경 쓸 일이 아니긴 하지.

호희, 먹다 남은 음식들과 식기를 치운다. 윤희는 호희를 물끄러미 바라

본다.

윤희	당신한텐 잘된 일이라고 생각해.
호희	뭐?
윤희	당신, 아버님이랑 사이 안 좋았잖아. 어렸을 때 어머님께 몹쓸
	짓 많이 해서… 고생하고 괴로웠다고.
호희	(고개를 푹 숙인다)
윤희	애초에 우리 이혼하고 여기 들어와 산대서, 난 조금 걱정했어.
	명절에 가끔 보는 것도 싫어서 자주 와보지도 않던 사람이…
	(온화하게 웃으며) 이제 다 컸나 싶고.

호희, 동만의 식기를 치울 생각을 못 하고 윤희의 맞은편에 앉아 케이크를 잘라 내민다.

| 윤희 | (한 입 떠먹고 깨달은 듯이) 이거 설마 아버님 생일상이었어? |

호희, 고개를 끄덕이고는 케이크를 한 입 떠먹는다.

윤희	당신 참 아버님 취향 모른다. 아버님 고구마 안 좋아해. 자기가
	고구마 좋아했지.
호희	아니야. 아버지 고구마 좋아한댔어.
윤희	그건 당신이 고구마 좋아하니까 하는 소리지.

윤희는 케이크를 먹지 않는다. 호희, 커튼으로 가려진 방공호를 슬쩍 본다.

윤희	나랑 규범이 생일 케이크 할 때도 당신이 졸라서 고구마만 했 잖아. 나랑 규범이는 생크림 케이크가 더 좋았어. 아버님도 빵 보다는 아이스크림 취향이셨고.
호희	아이스크림?
윤희	아이스크림 케이크 말이야.
호희	(고개 푹 숙이고) 아버지가 아이스크림 좋아할 거라곤 생각도 못 했어.
윤희	됐어. 내년에… (아차 한다) 지금이라도 나가서 사오던지.
호희	(고개를 젓는다) 내가 왜 그랬을까?
윤희	(질린 듯) 말을 안 해주는데 누가 당신 속을 알겠어. 하여튼. 저 쇼핑백, 아버님 생일 선물이야. 겨울 내복인데 아버님 M 맞나?
호희	겨울 내복?
윤희	(옅게 웃는다)
호희	(쇼핑백을 열어본다)

윤희, 케이크를 한 입 떠먹으며 호희의 눈치를 살핀다.

호희	이거 명품이네? 비싼데 왜 이런 거까지 사 왔어.
윤희	아버님은 나한테 잘해주셨거든.
호희	(내복을 개켜서 쇼핑백 안에 도로 넣는다)
윤희	(눈치 보다가 결연하게) 나 재혼해.
호희	…그래?
윤희	어. (반지를 끼운 손가락을 보여주며 웃는다) 내달 중순에. 아버님께 알려는 드려야 할 거 같아서.
호희	(윤희를 보다) 행복해 보인다.
윤희	응. 너도 좋은 사람 만나.

호희	난 그런 거에 관심 없어.
윤희	그래서 우리가 이혼했나 봐.
호희	(윤희를 물끄러미 바라본다)

윤희, 시계를 힐끔 보곤 일어선다.

윤희	이제 가봐야겠다. 신랑이 밖에서 기다리고 있어.
호희	(윤희를 따라 일어난다) 저기⋯.
윤희	(미닫이문을 열고 나가려다 멈춰 선다)
호희	규범이랑 같이 살아?
윤희	걔 독립한 지가 몇 년인데. 가끔 전화만 하는 거지, 뭐.
호희	(아쉽다는 듯) 윤희야.
윤희	왜 또.
호희	고맙다고. 결혼 축하해.
윤희	(웃는다) 너 이제 다 컸구나. (문을 닫으며) 잘 살아.

호희, 식탁 옆에 세워둔 쇼핑백을 들고 방공호 문의 비밀번호를 누른다. 비밀번호를 누르는 소리가 들리자 자고 있던 동만이 부스스한 모습으로 일어난다. 문을 열고 호희가 들어온다.

호희	(동만의 몰골을 보고) 주무시는 줄도 모르고. 죄송해요.
동만	(잠긴 목소리로) 아니다. 뭐 잊은 거라도 있냐?
호희	그건 아니고요. (동만의 앞에 앉아 쇼핑백을 내민다) 아까 규범 엄마가 왔다 갔어요. 아버지 선물이래요. 한 번 꺼내 보세요.
동만	참, 늙은이 뭐가 이쁘다고 이런 걸 사 와. (내복을 꺼내 상의를 입어본다) 잘 맞고 예쁘네. 고맙다고 전해줘라.

호희	윤희, 재혼한대요.
동만	그래? (옅게 웃으며) 그 앤 속이 야무져서 어떻게든 잘 살 거다. 누군진 몰라도 횡재했네, 그놈.
호희	(동만을 바라보다) 아버지.
동만	(호희를 바라본다)
호희	(망설이다) 아이스크림 케이크 좋아하신다면서요. 왜 제가 고구마 케이크 사 왔을 때 뭐라 안 하셨어요?
동만	규범이 어멈이 말해줬냐?
호희	(고개를 끄덕인다)
동만	그야… 네가 고구마 좋아하니깐.

동만이 호희의 손을 다정하게 잡는다.

동만	너 어렸을 때 못 먹인 게 한이지. 언제 이렇게 컸는지…
호희	(우는 것을 들키지 않으려고 벌떡 일어나 변기로 향한다) 주무세요. 변기 공사가 아직 안 끝났어요. 아버지 새벽마다 화장실 가시잖아. 얼른 끝내야 하는데 나 혼자 하려니 시간이 너무 걸려요.
동만	(호희의 등을 보다 돌아눕는다) 그래. 얼른 손 봐라.

호희, 변기 앞에 쪼그려 앉아 동만의 야윈 등허리를 물끄러미 바라본다.

호희	앞으론 아버지 드시고 싶은 거, 많이 해드릴게.
동만	그래. 좋다.

호희가 변기 이곳저곳을 만진다. 좀처럼 차오르지 않는 물에 호희가 수도 장치를 확인한다. 그러는 동안에도 호희의 핸드폰은 계속해서 진동한다.

하지만 호희는 변기를 조금 더 거세게 두드리며 핸드폰을 확인하지 않는다. 결국은 동만이 잠에서 깬다.

동만 왜 안 봐. 핸드폰이 자꾸 울리는데.

호희 (애먼 변기를 자꾸 두드린다) 아무것도 아니에요. 주무셔요.

동만 이렇게 시끄러운데 어떻게 자냐, 이놈아.

동만, 힘겹게 일어나 호희의 핸드폰을 대신 확인한다. 호희는 동만을 밀어내지 않고 체념한 듯 우두커니 서 있다. 동만이 애플리케이션의 팝업 알람을 확인하고 체념한 듯 웃는다.

동만 그냥 그만할까?

호희, 어느새 울고 있다.

동만 난 참 복 받은 놈이야. 요즘 세상에 늙은이 죽는다고 우는 사람이 어디 있냐. 그러니까… 난 너랑 같이 산 것만으로도 여한이 없어.

호희 (고개를 젓는다)

동만 너 혼자 날 어떻게 숨기려고. 매년, 매달 찾아와서 온 집구석 들쑤셔 놓을 텐데. 마음 편히 살 수 있겠어? 나는 이만하면 됐다. 내 아들 고생하는 거 보고 싶지 않아.

호희 (고개를 젓는다) 안 돼요. 안 돼….

동만, 핸드폰에 뜬 새로운 알람을 확인한다.

호희	저한텐 이제 아버지밖에 없어요. 같이 밥 먹을 가족이 아버지 뿐이라고요. (동만의 손을 간절하게 잡는다) 아버지 가시면 저한텐 아무도 없어요.

동만은 넋이 나간 얼굴로 핸드폰을 건네준다.

동만	아범아. (헛웃음) 규범이가 온다네.
호희	예? (핸드폰을 받아들고 알람을 확인한다)

화면에는 안락사 집행관이 오고 있다는 문자와 안락사 집행관의 번호가 떠 있다. 규범의 전화번호다.

동만	내가 저 번호를 어떻게 잊겠어. 먼저 전화하면 닳을까 해서 누르고 지우기만 했던 저 번호를.
호희	아버지. 이건 기회예요.
동만	(호희를 본다)
호희	아무리 일이라도, 제 할아버지를 죽일 순 없어요. 규범이가 담당 집행관이라면, 눈 감아달라고 부탁해봐요.
동만	(불안한 목소리로) 그 애가 그래 줄까?
호희	당연하죠. 어렸을 때부터 할아버지 보러 간다고만 하면 그날만 손꼽아 기다리던 애예요. (불안함을 감추며) 분명 도와줄 거예요.
동만	(지친 듯) 그래, 네 말대로 하자. 나도 차마 규범이 손에 갈 순 없어. 제 할아비 죽여놓고 그 마음 여린 애가 어떻게 살꼬.

호희가 동만을 꽉 안아주고 방공호 밖으로 나온다. 동만은 좁은 방공호 안에 우두커니 서 있다. 동만이 고개를 푹 떨군다.

동만   (허공을 보며 하소연하듯) 호희 태어나고 내가 스물둘이었나 그랬
어. 아버지 노릇 하기보다는 술 먹고 노는 게 좋았지. 내가 참
철이 없었다. 뒤늦게 정신을 차렸는데 이미 날 너무 미워하더
라고. 그래서 자주 보지도 못했어. 갑자기 이혼했다고 찾아왔
을 땐 정말 놀랐는데. 내가 아버지 노릇 좀 해보려고 곁에 둔
게, 사실은 쟤가 날 지켜주려고 한 거였어. 내가 너무 늦은 거
야. 이미 아버지가 필요한 애가 아닌걸. 알고는 있었는데…

동만이 지친 듯 침구에 눕는다.

호희   (방공호 문을 커튼으로 꼼꼼히 가린다) 케이크는 버리기 아까운데.
(망설이다 케이크도 치운다)

초인종 알람 소리. 깜짝 놀란 호희가 들고 가던 케이크를 떨어뜨린다. 식
탁에는 육전과 동만의 밥그릇이 남아있다. 호희가 급하게 걸레를 가져와
바닥을 닦는다. 초인종 알람이 한 번 더 울린다.

규범   아빠? 나야.

호희는 문을 열지 케이크를 치울지 갈팡질팡하다 결국 케이크를 마저 치
운다. 당혹감에 동만의 밥그릇을 가져가지 못했다는 사실을 까맣게 잊은
호희가 문을 연다.

호희   (가쁜 숨을 몰아쉬며) 들어와라.
규범   (호희를 의심스럽게 쳐다본다)

까만 정장을 차려입은 규범이 커다란 가방을 멘 채 호희의 뒤를 따라 들어오며 미닫이문을 쾅 닫는다. 식탁을 흘긋 본 규범이 주변을 두리번거린다.

호희	(뒤늦게 동만의 밥그릇을 발견하고 태연한 척 그것을 치운다)
규범	(바닥에 앉아 육전을 맨손으로 집어 먹는다) 이거 아빠가 한 거 아니지? 맛있네.
호희	갑자기 와서 정신이 없네. (규범의 눈치를 살핀다) 연락도 없이, 왜 왔어?
규범	(기름기가 묻은 손가락을 쪽쪽 빤다) 임동만 씨는?
호희	뭐?
규범	안 들려? 임동만 씨 어디 갔냐고.
호희	(헛기침하며) 글쎄? 저녁부터 안 보이셨어.

규범, 못 믿겠다는 듯 벌떡 일어나 집안 곳곳을 이리저리 살핀다. 호희가 규범을 멈추기 위해 일어서다 발을 헛디며 대자로 넘어진다.

규범	(호희를 일으켜준다) 왜 그래, 여기 뭐 흘렸어?
호희	(아픈 것을 참으며) 아냐. 과일 좀 먹을래?
규범	됐어. 배 안 고파. (호희를 슬쩍 보며) 엄마 왔다 갔다며?
호희	…어.
규범	엄마가 얘기했어?
호희	……
규범	했구나. (기지개 켜며) 아저씨, 좋은 사람이야. 아빤 아니었지만.
호희	그래.

규범이 가방을 뒤적인다. 호희, 가방을 보려고 한다.

규범   건들지 마. 이거 나름 공적인 물건이야.
호희   뭐?

규범이 가방의 지퍼를 열어 작은 상자를 꺼낸다. 상자를 열자 그 안에는 약통 여러 개와 일회용 주사기 묶음이 들어있다.

규범   (천연덕스럽게) 오늘 임동만 씨 팔순 아냐? 그럼 당연히 안락사 집행해야지. 나도 공무원이야, 아빠. 공무원이 직무 유기하면 어떡해.
호희   임동만 씨가 아니라, 네 할아버지야.
규범   (한숨) 가족이라고 봐주면 나 잘려. 내가 어떻게 공부해서 공무원 됐는데.
호희   넌 할아버지가 불쌍하지도 않아?
규범   그럼 나는? 고생만 죽어라 하다 겨우 여기 올라온 난 안 불쌍해? 이게 다 아빠한테 효도하려고 이러는 거잖아. 근데 아빠가 이러면 어떡해.
호희   애초에 나이 들었다고 사람을 죽여? 그게 법이야?
규범   그럼 어떡해?
호희   뭐?
규범   아빠가 어떻게 할 거냐고.

규범이 상자를 닫는다.

규범   코로나 겪으면서 플라스틱 사용 많아지니까 환경 오염 심해졌지, 환경 오염 심해지니까 먹을 것도 줄어들지. 작년에도 우리 나라에서 오백 명이 굶어 죽었어. 근데 그거 다 어른들이 한 일 이잖아. 근데 책임은 나 같은 젊은 애들이 지고 있어. 그게 맞아? 젊은 사람 위해서 살 만큼 산 노인들 편하게 보내주자는 게 뭐가 나빠. 이 방법 아니면 무슨 뾰족한 수라도 있어?

호희   너는 슬프지도 않아? 이제는 네 할아버지 일이야.

규범   그게 중요해? 다들 그렇게 살아.

호희   (말문이 막힌다)

규범   임동만 씨? 여기 계신 거 알아요. (호희를 흘긋 보고) 어디 계셔?

호희는 식탁 앞에 앉아 시계를 본다.

호희   나도, 너도 언젠간 이렇게 죽게 될 거야.

규범   그렇겠지. 그게 세상을 위해서 옳은 거니까.

호희   막상 네 일이 되면, 넌 이렇게 뻔뻔하지 못할 거야.

규범   (커튼을 걷자 방공호의 문이 보인다) 이게 뭐야?

규범이 방공호 문의 손잡이를 돌린다. 문은 열리지 않는다. 방공호 안에서 잠을 자고 있던 동만은 문고리가 돌아가는 소리에 소스라치게 놀라 잠에서 깬다. 동만이 집에 규범이 왔음을 감지하고 긴장한 채 이불을 정리한다. 체한 듯 배를 부여잡고 헛구역질하던 동만이 변기로 향한다. 물은 여전히 차오르지 않는다. 동만이 핸드폰을 꺼내 든다.

호희   (벌떡 일어나) 거기서 떨어져.

규범   문이나 열라니까?

호희의 핸드폰에서 전화 알람 소리가 들린다. 동만의 전화. 호희가 전화를 받는다.

동만   (끙끙대며) 아범아. 밖에 누구 있냐?

규범이 전화를 받는 호희를 보고 비밀번호를 마구잡이로 누른다.

호희   (규범을 노려본다) 예.
동만   (덜컹거리는 문을 바라보다) 규범이냐?
호희   (고민하다) 예.
규범   이거 열라니까?
동만   (호희의 목소리 사이로 작게 들리는 규범의 목소리에 문으로 다가간다) 문을 열어다오.
호희   안 돼요.
동만   나 화장실이 급해. 여긴 변기도 말썽이고, 너무 춥다.
호희   (망설인다)

규범이 계속 문을 두드린다.

규범   임동만 씨! 지금 안 나오시면 괜히 아빠만 과징금 물어요.
동만   (문에 손바닥을 가져다 댄다) 어차피 이렇게 될 일이었어.
호희   (규범을 밀쳐내고 문을 가로막는다) 절대 안 돼요. 전 포기 못 해요.

호희가 먼저 전화를 끊어버린다. 화가 난 규범이 벌떡 일어나 호희에게 달려든다.

규범   (버럭) 아니, 도대체 왜 이래? 안 아프게 죽는 약이라니까! 아빠가 이러면 나도 곤란해. (문을 강제로 열려고 하며) 임동만 씨!

호희, 규범의 뺨을 때린다.

호희   네 할아버지야. 네 초등학교, 중학교, 고등학교 입학식 졸업식 모두 오셔서 축하해주셨어. 그게 쉬웠을까? 너 초등학생 때 천안으로 소풍 가는 거 아시고 떡집에서 떡 삼십 인분 해오신 거, 기억나? 그거 애들이랑 나눠 먹으면서 네 할아버지라고 자랑했다며. 아버지가 너를 얼마나 예뻐하셨는데. 네가 어떻게 이래!
규범   (주춤한다)
호희   나한테 다 방법이 있어. 너만 살짝 눈감아주면, 네 할아버지 구할 수 있다고!
규범   아버지… 나는…… (의문스럽게) 옳은 일을 하는 게 아니야?

방공호 안에서 동만은 아픈 배를 부여잡는다. 고민하던 동만이 문쪽으로 다가온다.

동만   (문 손잡이를 잡고) 난 죽는 게 무섭지 않아.

동만이 흐느낀다. 방공호 밖에선 호희와 규범이 엉켜 싸우고 있다.

동만   내가 죽으면, 누가 저 애 곁에 있어 줄까?

동만은 고민하다 문고리를 돌린다. 방공호 문이 열린다. 호희는 아연실색한 얼굴로 동만을 바라본다. 갈등하던 규범이 우발적으로 호희를 방공호 안에 밀어 넣고 문을 닫는다. 규범은 급하게 앉은뱅이 식탁으로 문을 막는다.

호희   (문을 열려고 애쓰며) 문 열어! 야!

규범, 숨이 가빠 혁혁댄다. 동만은 울부짖는 호희를 보다가 규범의 등을 쓸어준다. 규범은 소스라치게 놀라 동만을 밀쳐내고는 상자에서 약통과 주사기를 꺼낸다. 호희가 비명을 지른다. 동만이 식탁 앞에 앉는다.

동만   (식탁 위에 가득한 육전을 물끄러미 바라본다)
규범   (동만을 흘깃 본다) 왜… 할 말 있으세요?
동만   왜 다 안 먹었냐. 굶고 다니지 말라니까는.
규범   (입술을 꾹 깨문다)

규범, 망설인다. 동만이 규범의 모습을 보며 옅게 웃는다.

동만   네가 이렇게 나랏일을 하다니. 네 할미가 보면 좋아했을 텐데….

방공호 문에 달라붙어 쾅쾅 두드리던 호희는 문틈 사이로 고개를 내밀고는 애걸하며 부르짖는다. 규범이 호희를 보다가 이내 고개를 세차게 젓는다. 동만이 그런 규범에게 손목을 내민다.

동만   (고개를 떨군다) 난 마음의 준비가 되었다.

규범이 상자를 열어 주사기와 약통을 꺼낸다. 동만은 그 모습을 바라만 보고 있다. 규범, 주사기로 약통의 약물을 빨아들인다. 규범의 손이 떨리고 있다.

동만 (규범의 손을 간절하다는 듯 꽉 잡는다) 얘야.

규범 (동만을 본다)

동만 나는 괜찮다만 훗날 네 아비는 지켜다오. 내 마지막 부탁이야. 또 네가 여든이 되면, 네 가족이 널 기어코 해치려 들면 말이다. (방공호를 가리키며) 저곳에 들어가 몰래 숨어라. 그렇게 너흰 행복하게 살아. 나는 너흴 행복하게 해주련다.

동만이 눈을 꾹 감는다. 규범은 그런 동만을 보다가 주사기를 식탁 아래로 떨군다.

규범 할아버지.

동만 아이고, 내 똥강아지. 울긴 왜 울어…

규범이 벌떡 일어나 주사기를 발로 차 버린다. 주사기가 구석으로 떨어진다. 어안이 벙벙한 동만을 규범이 오랫동안 바라본다.

규범 (정신이 번쩍 든 듯) 못하겠어요.

동만 (규범을 바라본다)

규범 (방공호 문을 막았던 식탁을 옆으로 치운다) 이건… 이건 아니야.

방공호에서 나온 호희는 헉헉대면서 규범의 멱살을 잡는다. 그러다 멀쩡히 살아서 식탁 앞에 앉아 있는 동만을 보곤 규범을 껴안는다.

규범   (결연하게) 나도 도울게.

규범이 방공호로 들어가면, 호희가 공구함을 들고 그 뒤를 따른다. 변기를 손보는 부자. 망치질하는 소리. 동만은 시계를 물끄러미 바라보다 탁 엎어둔다.

막.

누군가 제게 이런 말을 했습니다. 네 인생은 걱정이 안 돼, 넌 뭐든 할 거 같아. 하지만 저는 그 뒤로 숱한 밤을 불면에 허덕였습니다. 내가 무언가를 해 내야만 했나? 지금껏 나는 아무것도 이루지 못하였나? 끝없는 공상에 묻혀 몸서리치던 밤마다, 나의 잠재력은 폐쇄된 내 안에 갇혀 영영 빛을 보지 못할 거라고 두려워하던 순간을 기억합니다.

그 시간에 저는 모래성처럼 존재했습니다. 견고하지만 나약하고 거대하지만 허전한 채로, 눈물을 닦아낸 휴지 뭉텅이를 쓰레기통에 버리면서 사람을 위로하는 글을 쓰고 싶었습니다. 최선을 다해도 최악의 결과가 기다리던 때였습니다. 저는 강한 사람이 아니라 잘 참는 사람이었기 때문에 다치고 부서져도 티 내지 않고 묵묵히 견뎌내곤 했습니다. 그래서 혼자만의 싸움이라고 하던 글을 쓰면서도 난관에 봉착할 때마다 괜찮을 수 있었습니다.

우연처럼 만나게 된 수민, 세린, 미연, 희원은 오늘을 망설이던 제가 내일을 기대하게 했습니다. 소중한 친구 정원에게도 감사를 표합니다. 또 저에게 이 길이 어울린다고 하셨던 정일 선생님께 특히 감사드립니다. 짧은 시간이었지만 선생님께 배웠던 것이 제 안에 보석처럼 남아 여전히 반짝거립니다. 저의 변덕을 이해하고 기다려주신 부모님과 동생, 고양이 동생들에게 자랑스러운 가족이 되어 기쁩니다.

'작가'는 저의 하나뿐인 꿈입니다. 초등학생 시절 도서관에 틀어박혀 한 학기에 삼백 권의 책을 읽어낼 때도, 당선 소식을 들은 지금도 변함없이 같은 꿈을 꿉니다. 이번의 기쁨이 일회성으로 휘발되지 않도록 앞으로 더 노력하는 작가가 되겠습니다.

한국극작가협회 희곡 부문 당선작

어쩔 수 없어

박초원

1999년 인천 출생
서울예술대학교 극작과 졸업 예정

등장인물

해인   여, 32세

희자   여, 53세

도치   남, 49세

알리   남, 30세

관리자 여, 35세

1장

무대의 오른편에 50인용 출퇴근 카드꽂이와 기록기가 있다. 무대 왼편에 에어셀 완충재와 접지 않은 박스들이 정리되어 있고, 가운데에는 작업용 탁자가 일렬로 배치되어 있다. 해인과 희자, 알리, 도치가 계란 취급 주의 스티커와 완충재를 정리하고 공업용 테이프 커터를 상자에 넣으며 분주하게 움직이고 있다.

희자 아오, 허리 뻐근해 씨.

해인 (시계를 보며) 밥 먹으러 가라고 할 시간 지났는데.

도치 시계 보고 있으면 시간 더 느리게 간다. 정리하고 있으면 오겠지.

해인 출근 시간은 아주 칼같이 재고 1분이라도 늦으면 자른다느니 뭐라느니 죽일 듯이 뭐라 하면서… 그럴 거면 점심시간 알려주는 것 정도는 제시간에 해줘야 하는 거 아니에요?

도치 이런 건 아무것도 아니야. 빨리 적응해야 너도 편하지. 알리 봐라. 묵묵하게 일하잖냐.

해인 적응했어요. 여기서 일한 지도 한 달이 넘었는데요 뭐. 근데 지금 점심시간 5분 지났잖아요. 5분이 얼마나 피 같은 시간인데. 도대체 왜 안 와? 왜?

희자 지도 바쁜가 보지. 오늘 점심 메뉴는 뭐 나오나?

해인 반찬은 도라지무침, 제육볶음, 배추김치, 국은 배춧국이요. (다들 놀라서 해인을 쳐다본다) 출근 전에 식단표는 제가 잊지 않고 꼭 체크해서.

희자 좋네. 알리 제육볶음 못 먹지?

알리 아시잖아요. 돼지고기는 할랄푸드 아니에요. 드려요?

희자	오 눈치 빠른 알리. 땡큐

관리자가 기분 나쁜 듯 머리를 쓸어 넘기며 등장한다.

도치	아이고. 왔네, 왔어. 오늘 많이 바빴구나?
희자	우리 점심 먹으러 가도 되지?
관리자	아니요. 안 돼요.
알리	네? 왜요?
해인	지금 시간이…
관리자	여기서 일하면서 이렇게 어이없는 일은 처음이라서요.
해인	왜 그러시는데요?
관리자	하나하나 확인할게요.
희자	뭐를?
관리자	여기 계란 포장 구역 사원님들이죠?
희자	왜 이래, 갑자기? 여기 그거 모르는 사람 있어? 새삼스럽게.
관리자	여기 계신 계란 포장 사원님들만 d구역 창고를 드나들어요. 맞죠?
도치	그렇지. 완충재 리필을 거기에서 하니까.
관리자	오늘도 여러 번 드나드셨고요.
희자	응 다 알잖아. 답답하게시리. 무슨 일인데? 얘기해.
관리자	d구역 창고에서 똥이 발견됐어요.
희자	뭐, 뭐야?
관리자	저 비위가 상해서 점심도 못 먹게 생겼거든요.
도치	똥이라니, 똥?! 진짜 똥 맞아?
관리자	네.
도치	말이 돼?

관리자 저도 믿기지가 않았어요. 기가 차서.

희자 그거 치우다가 늦게 온 거구나.

도치 고생했네, 고생했어.

관리자 치우다뇨? 제가 그걸 어떻게 치워요. 네 분 중에 한명이 가서 치워야죠. 정말 급 떨어져서… 너무들 하세요! 어떻게 똥을…

해인 지금 저희 의심하시는 거예요?

관리자 아까 못 들었어요? d구역 창고에서 발견이 됐는데, d구역을 지금 여기 계신 네 분만 드나들잖아요. 아니에요?

해인 그건 맞지만…

도치 씨씨티비 돌려 봤어?

관리자 거기가 딱 씨씨티비 사각지대거든요. 씨씨티비 사각지대가 어딘지 알려면 d구역을 자주 드나들어야 하는데, 그런 분들은 여기 계란 포장 사원님들뿐이라. 파업 때문에 요즘 공장에 사람도 많이 없잖아요? 모든 정황이 너무 선명하죠. 일단 네 분이 알아서 치우고 와요.

해인 차라리 점심 먹고 알려주시든가요!

관리자 치우기 전엔 점심 먹으러 못 가요.

희자 나, 난 못해. (도치에게) 그쪽이 험한 일 군말 없이 잘 하잖아.

도치 나는 원체 깔끔한 사람이라 이런 건 좀… (해인에게) 저기 네가 젊기도 하고 비위도 좋으니까…

해인 아무리 비위가 좋아도 그렇죠. (알리에게) 저, 저기 오늘 제육볶음도 안 드시는데…

알리 제육볶음 빼고는 다 잘 먹을 수 있거든요?

희자 그, 그래. 알리가 몽골 출신이라고 하지 않았나…? 거기 막 집집마다 마당도 넓고 조랑말 같은 거 키우지 않아? 그럼 말똥 많이 치워봤을 거 아니야 응?

알리	저 아파트 살았어요! 그리고 말똥을 치워도 밥 먹기 전에 치우는 사람 없어요!
희자	아 미, 미안.
관리자	그냥 다 같이 가서 치우고 오세요.
해인	저, 전 못해요!
희자	나, 나도! 진짜 안돼. 나 토 한다니까? 알리 어떻게 안 되겠어? 응?
알리	에휴. 간다 가! 아줌마 오늘 제 거 다 먹어요!

알리가 씩씩거리며 퇴장한다.

희자	하나님 감사합니다.
관리자	다들 오늘 d구역 창고 몇 시쯤에 다녀가셨어요?
도치	그걸 일일이 셀 수가 있어? 너무 자주 가지.
희자	일단 난 아니야. 똥 참는데 도가 텄는데… 그러다가 변비까지 생겼어! 변비 있으면 똥 싸는 데 얼마나 오래 걸리는지는 알아? 변비 있는 사람이 창고에서 그럴 수가 있겠어? 그냥 싸는 데도 죽을 똥 살 똥이구만. 반백 살에 진짜 이런 것까지 내 입으로 말해야 하고 사람 서러워서 살겠나!
해인	저는요. 일하다가 못 가니까 출근카드 찍기 전에 사무실에 있는 화장실에 꼭 다녀와요. 아줌마 오늘 아침에 저 화장실에서 마주치지 않았어요? 저 봤죠? 그죠?
희자	보긴 봤어.
해인	그러니까요! 사람이 반나절 만에 큰일을 두 번이나 볼 수 있어요? 전 정말 아니에요.
도치	난 깨끗해서 화장실도 골라 간다고. 얼마나 깨끗한 사람인지

166

다들 알잖아. 항상 손 소독제 챙기고 작업복도 내가 직접 빨아 입어. 다들 인정하지?

해인 그건 인정.

희자 이 양반이 깔끔 떨긴 하지.

도치 그런 내가 공장 한가운데서 볼일을? 말이 안 되지.

관리자 그럼 알리 씨는 어때요?

도치 알리는 오늘 d구역 간 적 없어. 게다가 예전에 무릎 수술을 해서 쭈그려야 하는 변기는 피한다고도 했고. 알리는 아니야.

희자 맞아. 아니 알리뿐만 아니라 나도 아니야.

해인 저도 결백해요! 물량 계속 들어와서 일하기 바쁜데! 자리 오래 비우면 맨날 보고 쫓아와서 뭐라 하면서. 저도 성실하게 일만 했어요!

관리자에게 전화가 온다.

관리자 여보세요? (사이) 응. 알았어. 지금 갈게. (전화를 끊고는) 요즘 회사 뒤숭숭한 거 아시죠? 업무 때문에 지금은 가는데요. 어떻게든 잡히니까 찔리시는 분은 각오하셔야 할 거예요.

희자 그래! 나는 당당하니까.

해인 근데 범인이 이 구역 사람이 아니면 어쩔 거예요? 지금 점심시간도 지나가고 있는데 이 시간은 누가 보상해줘요?

관리자 빨리 드시고 오면 되죠. 그렇게 따지면 제 시간은 누가 보상해주는데요? 저도 이 일 때문에 업무 밀려서 지금 골치 아파요. 해인 씨처럼 그렇게 하나하나 다 따지고 들면 끝도 없거든요? 얼른 점심부터 해결하고 오세요. 복귀 시간 늦지 마시고요.

도치 그래. 고생이 많네. 복귀 시간 잘 지켜서 올 테니까 걱정 마.

관리자, 퇴장한다.

해인 저 밥 안 먹을래요.

희자 든든하게 먹어야 일을 하지.

해인 어떻게 먹어요, 입맛 다 떨어졌는데. 정말 다들 아니시죠? 저 믿어요?

희자 아 당연하지! 나이 오십 넘어서 노상방뇨가 말이 돼?

도치 그것도 직장에서? 나 참!

알리, 인상을 찌푸리고 등장한다.

해인 치우고 왔어요?

알리 네…

희자 어떻디?

알리 물어보지 마세요…

희자 그래.

알리 한국에 온 지 이제 10년이 다 되어가지만 이런 일은 처음이에요.

해인 근데 따지고 보면 다 여기 잘못 아니에요?

알리 뭐가요?

해인 그렇잖아요. 화장실을 고장 난 채로 내버려두는 곳이 세상 천지에 어디 있어요? 언제 고쳐주는 거예요 도대체?

도치 너 입사하기 훨씬 전부터 안 고쳐줬어.

희자 내가 변비가 왜 생겼는데. 소변이야 통에 해결하면 되지만…

해인 화장실만 진즉에 고쳐줬어도 이런 일 없었어요. 아줌마가 화장실 고장 났다고 소변은 여기 싸라면서 통 주셨을 때 제가 얼마나 수치스러웠는지 아세요?

희자   나도 처음엔 그랬어. 근데 뭐 별 수 있어? 고쳐주지를 않는데. 여기서는 익숙해지는 게 이기는 거야.

해인   어떻게 익숙해져요? 저는 못해요. 누명 쓴 것도 억울한데. 차라리 같이 화장실 고쳐달라고 말하러 가요. 그래야 속이라도 풀릴 것 같아요.

희자   네가 뭘 몰라서 그래. 우리야 말 많이 해 봤지.

도치   지금 노조 가입해서 파업하는 구역도 있는데 회사가 눈 하나 깜빡 하는 것 같아?

희자   처음에는 듣는 척. 고친다, 수리기사가 다음 주에 온다, 다다음 주에 온다 하더니만 나중에 가서는 듣는 둥 마는 둥하더라니까.

도치   한두 달 지나니까 태도가 바뀌어서는 그냥 참으래.

희자   수도까지 끊어버렸잖아.

알리   백번 말해도 안 고쳐줘요.

해인   이 정도면 공장에 똥 더 싸도 되겠네요!

도치   너도 괜한 곳에 에너지 쏟지 말고 그냥 무시해. 원래 이런 곳이니까. 그래야 네가 편한 거야.

해인   모르겠어요.

도치   스스로한테 떳떳하면 문제되는 일은 없어. 그냥 잊어버려.

알리   늦기 전에 밥 먹으러 갔다 오세요.

희자   어머. 지금 몇 시야! 얼른 가야지. 오늘 휴게실에서 한숨 자는 건 글렀네.

도치   배라도 두둑하게 채우자고.

해인   갔다 오세요.

도치   진짜 안 먹을 거야?

해인	네.
알리	저도 안 먹어요.
희자	에이. 음식 냄새 맡으면 또 괜찮아져! 그래도 몸 쓰는 일을 하는데 밥은 잘 챙겨 먹어야지. 그렇게 비위가 약해서 쓰나? 가자고.
도치	그래 밥은 먹고 해야 돼.
알리	별로 안 먹고 싶은데.
희자	가자!

희자가 해인과 알리의 팔짱을 억지로 끼고 무대를 퇴장한다. 도치도 그 뒤를 따라나선다.

2장
알리가 작업대 위의 스티커와 부품들을 세팅하고 있다. 희자와 도치와 해인이 뒤따라 들어온다.

알리	오셨어요?
희자	배춧국이라도 더 뜨지 뭐가 급하다고 그렇게 빨리 먹고 먼저 가?
알리	배 별로 안 고팠어요. 아까 못한 완충제 보충도 미리 해야 돼요.
희자	e구역 화물차 파업 때문에 식당도 텅텅 비었는데. 이때다 하고 마음껏 먹어둬야 힘도 나고 일도 하는 거야. 한국인은 밥심. 몰라?
알리	저 몽골사람이에요.
희자	어쨌든 사람은 밥심이야!

해인	맞다, 근데 e구역 사람들은 왜 파업한대요?
도치	이번에 화물차 계약직들이 잘려서 노조 만들고 난리 났었어. 그게 다 e구역에서 그랬지. 너 들어오기 바로 직전에 그랬으니까 이제 한 달 좀 지났으려나?
알리	시간이 빨리 가요.
희자	그치? 엊그제 있었던 일 같은데 말이야.
도치	불평불만이 많은 사람들이야
희자	이 아저씨는 정직원이잖아. 여기서 불평불만이 없을 수가 있나? 당장 화장실도 안 고쳐주는 개떡 같은 회사인데. 난 그 사람들 이해해.
해인	같이 파업은 안 하세요?
희자	그건 좀 그렇지. 내가 정의의 사도도 아니고 갑자기 직장 걷어차고 나가서 동료 구한다는 일념 하나로 파업을 할 수는 없지. (도치를 가리키며) 내 목표는 저쪽이야.
도치	나?
희자	정직원. 이 아저씨가 눈치가 보통 빠른 게 아니야. 점잖은 척하면서도 얼마나 약삭빠르고 아부를 잘하는데. 나보다 늦게 들어왔으면서 정직원은 얼마나 잽싸게 됐는지 몰라.
도치	내가 무슨 아부를 잘해. 떳떳하게 맡은 일 잘 하다 보니까 정규직이 된 거지. 지금 부러워서 그러는 거잖아.
희자	아부하는 건 하나도 안 부러워. 아주 별꼴이라니까. 평소에 하는 거 보면 눈꼴 시려서 못 봐줘.
도치	뭐야?
알리	또 그만해요.

도치는 희자를 노려보지만 곧 근무 시작을 알리는 음이 나오자 이들은 각

자 작업대로 향해 분주하게 움직이기 시작한다. 암전

3장

무대 오른편에서 희자가 뛰어온다. 서둘러 출근 기록기에 출퇴근 표를 넣는다. 출퇴근 꽂이에 표를 넣다가 그 주변을 유심히 살펴보고는 도치와 해인이 있는 작업대로 향한다.

해인	(작업대의 구석 쪽을 향해서 쿵쿵거리다가) 오셨어요?
도치	좀 늦었네?
희자	아직 근무시간 10분이나 남았는데 뭘 늦어?
도치	우리 소문 다 났어.
희자	소문? 뭔 소문?
도치	어제 d구역 일. 퇴근길에 다들 그 얘기만 하더라니까? 계란 포장 구역 사원이 범인이라면서… 창피해서 원
희자	됐어. 아니면 당당하게 있으면 되지.
도치	범인이 금방 잡혀야 말이지.
해인	근데 알리 씨는 웬일이에요? 지금까지 근무하면서 지각한 적단 한 번도 없다면서요.
희자	그러니까 말이야. 내가 출퇴근 기록 찍는데 알리 출퇴근 표가 아예 없던데? 걔 꺼가 내 옆자리거든.
해인	그래요?
희자	알리… 설마… 알리 아니야? 범인!
도치	에이. 어제 못 봤어? 알리는 어제 d구역 간 적 없어.
해인	알리 씨는 다리 아파서 쭈그리지도 못한다면서요.
희자	무슨 일이지? 아픈가? 한 번도 이런 적 없었는데.
해인	근데 어디서 이상한 냄새 나지 않아요?

172

도치	무슨 냄새?
해인	구리구리한 냄새요.
희자	난 모르겠는데?
해인	계란이 썩었나?
도치	다 검수 마친 계란들이라 썩은 게 있을 리가 없는데. 여기선 냄새 안 나.
희자	나도 냄새 안 나는데.
해인	그래요? 내 옷에서 나는 냄샌가?

근무 시작을 알리는 음악이 흘러나온다. 다들 작업대로 향해 분주하게 박스를 접고 완충재로 달걀을 포장한다. 해인은 박스를 포장하면서도 계속 주변을 킁킁댄다. 그때 무대 오른편에서 알리가 등장한다. 출퇴근 표를 살피다가 자신의 것이 없는 걸 발견한다. 계속 서성거리다 해인과 도치, 희자가 있는 작업대로 다가간다. 알리를 발견한 셋은 분주하게 움직이면서도 알리를 반긴다.

희자	웬일이야? 천하의 알리가 다 늦고?
도치	그러게 말이야. 얼른 작업대 세팅해. 안 들켰어?
알리	관리자님이 자리에 없어서…
도치	운 좋네! 걸리면 또 쥐 잡듯이 잡잖아.
희자	아줌마 은근 걱정했다?
도치	고기반찬 나오면 알리 거 또 뺏어먹어야 되니까?
희자	이 아저씨가 진짜!
해인	어디 아팠어요?
알리	그게…
희자	왜?

알리   저… 잘렸어요.

해인   네? 잘리다뇨?

알리   저 어제 d구역 간 적 없는 거 다들 봤잖아요.

희자   근데 잘리기는 왜 잘려?

알리   저도 모르겠어요. 관리자님한테 밤에 문자 왔어요. 계약이 해지되어서 오늘부터는 나오지 않아도 된대요.

해인   갑자기요? 어제 문자가 왔다고요? 무슨 이런 경우가 다 있어요?

알리   너무 억울해요. 그래서 왔어요. 관리자님한테 물어볼 거예요.

해인   이렇게 하루아침에 잘리면 부당 해고잖아요. 계약이 되어 있는 사람인데 이게 말이 돼요?

도치   어쩔 수 없어.

해인   뭐가요?

도치   여기서 이렇게 하루아침에 떠나가는 사람이 어디 한두 명이야? 이런 일은 비일비재하게 일어나잖아.

희자   그래도 그렇게 냉정하게 말할 일이야?

도치   알리에게는 미안하지만… 난 지금까지 부서 이동하면서 알리 같은 사람 많이 봤고 복직된 사람은 본 적도 없어.

해인   말도 안 돼.

알리   저 이제 어떡해요?

관리자, 등장한다.

관리자   알리 씨, 왜 여기 있지? 문자 못 받았어요?

알리   문자를요, 받기는 받았는데…

관리자   여기 있으시면 이거 업무방해예요.

알리   왜 갑자기 그만두라는 거예요? d구역 범인이 저라고 생각하는

	거예요? 저는 아니에요.
희자	그래. 어떻게 알았어?
해인	확실해요?
희자	증거는 있나?
관리자	네, 알리 씨 맞아요. 목격자가 있어요.
희자	누군데?
관리자	그걸 왜 제가 여러분들한테 알려드려야 하죠? 회사에서는 언제나 정당한 이유가 있을 때만 해고하는 거예요.
해인	(킁킁거리며 작업대 구석에 얼굴을 들이밀다가) 뭐야! 아씨 미친!

일동, 놀라서 해인을 쳐다본다.

관리자	해인 씨? 왜 그래요?
해인	미친 거 아니야!
희자	왜 그래?
해인	관리자님, 이리 와보세요.
관리자	왜 그러는데요? 뭔데요. 거, 거기 뭐 있어요?
도치	아니겠지.
희자	(해인이 가리키는 곳으로 가더니) 하나님! 어머 어머 어머
관리자	뭐, 뭐냐니까요?
해인	똥이요.
관리자	(헛구역질을 하며) 하! 어, 어쩐지! 들어올 때부터 이상한 냄새가 난다 했어요! 누구야 정말!
희자	잠깐만. 그럼 알리는 아닌데?
알리	저는 어제 세 분보다 먼저 집 갔어요.
도치	오늘도 알리가 제일 늦게 왔긴 했으니까…

알리	네 저는 진짜 아니에요!
해인	그러게요. 그럼 알리 씨는 아닌 건데요?
관리자	그게…
해인	이, 이거 부당해고 아니에요?
관리자	그런 거 아니고요! 네 분 중에 범인은 확실히 있는 거니까 각오하셔야 할 거예요! 일단… 알리 씨 오늘은 오셨으니까… 일하고 가세요.
알리	그럼 내, 내일은요?
관리자	이, 일단 오늘 일하고 계세요. 얼른 좀 치우시고요! 누군지 단단히 각오하셔야 할 거예요.

관리자, 또다시 헛구역질을 하다 퇴장한다.

희자	뭘 또 일단이래? 알리 아닌 거 알면 그냥 있지.
해인	아무튼 다행이에요.
도치	아직 모르는 거야 내일 또 무슨 이유로 자를지 알고. 알리도 마음의 준비는 하고 있어.
희자	뭘 또 그런 소리를 해? 애 기 죽게. 알리 너 얼마나 열심히 했는지 내가 다 봤다? 이 아저씨는 실리 따지느라 바쁘지만
도치	난 사실을 애기하는 거야. (작업대 구석을 가리키며) 일단 저것부터 치우자고.
희자	누가 치울래? 알리가… 한 번 치워봤으니까 쉽긴 쉬울 텐데…
도치	그쪽은 어제도 그랬으면서 또 알리 시켜먹으려고 그래?
희자	그럼 아저씨가 하든가?
도치	나, 난 못 하는 거 알잖아. 해인이 네 작업대에서 나온 거니까 네가…

176

해인	아 못해요. 저걸 어떻게 만져요!
알리	(목장갑을 끼며) 어떡해요 그럼. 제가 할게요.
희자	아이 참! 내가 웬만하면 나서서 돕는 스타일이 아닌데. 알리, 장갑 줘!

희자, 알리의 목장갑을 빼앗아 작업대 구석으로 다가간다.

알리	할 수 있어요?
희자	어머나 세상에 하나님. 하나님. 알리. 어머 어머 하나님
알리	제가 해요?
희자	줘봐. 거. 저거 지,집을 종이 빨리 줘봐! 빨리!

알리, 작업대 위에 있는 종이 뭉치를 집히는 대로 집어 허겁지겁 희자에게 건넨다. 희자 눈을 감고 내용물로 부푼 종이 뭉치를 봉지에 던져 넣는다.

희자	됐지?!
해인	됐어요!
희자	죽다 살았네.
도치	오바는.
희자	이게 오바야? (봉지를 들이대며) 어디 그쪽은 오바 안 하는지 볼까?
도치	아니! 정말 이 사람이 진짜!
희자	봐! 오바 아니지.
알리	감사합니다.
희자	아니야, 알리. 착하게만 살면 안돼. 요즘 세상은 응?

해인	맞아요.
희자	너 그렇게 고분고분 네네 거리면 사람들이 만만하게 본다? 싫은 건 싫다 아닌 건 아니다 정확하게 말해야 돼. 언제나 당당하게. 어깨 펴 어깨.
알리	네 그렇게 할게요.
도치	얼른 포장 마저 하자고. 지금 지체돼서 물량 밀릴 것 같은데.
희자	그래. 빨리 하자.

다시 분주하게 충전재와 박스를 옮기며 포장하기 시작한다. 도치, 멈춰서서 두리번거리기 시작한다. 주변을 왔다갔다거린다. 관리자 등장한다.

관리자	지금 물량 밀려서 q구역 사원분이 충전재 리필 돌고 있거든요? 어느 정도 쓰셨어요?
해인	저는 거의 다 썼어요.
알리	저도요.
희자	난 어제 충전해놨어. 많아.
관리자	(도치에게) 아저씨는 말씀 안 해주실 거예요?
도치	그게
희자	뭔데?
도치	여, 여기 있던 송장 어디에 있지?
관리자	송장이요?
도치	여기에 놔뒀던 거. 내가 여기 뒀는데.
관리자	지금 송장 없다고 말씀하신 거예요?
희자	난 모르는 일이야.
해인	작업대 서랍 안에 넣어놓은 거 아니에요?
도치	서랍에 넣어놓지는 않았는데… 자, 잠깐만.

178

해인	그거 없어지면 안 되는데. a구역도 저번에 송장 몽땅 잃어버려서 당일 출고 못했잖아요.
관리자	알긴 아세요? 없어지면 안 되는 거. 저, 정말. 없어지면 안 돼요. 그거 한 장씩만 뽑아서 다시 뽑을 수도 없는 거 잘 아시잖아요! 빠, 빨리 찾으세요. 빨리요!
도치	잠깐만!
희자	왜? 알 것 같아?!
도치	똥!
희자	똥? 똥 뭐?

도치가 뒤편 구석에 있던 검은 봉지를 다시 들고 와 봉지를 열고 안을 들여다본다. 곧 봉지를 떨어트린다.

도치	망할! 이런 망할! 이 아줌마야! 미쳤어?
해인	거기… 거기 안에…
도치	(희자에게) 그래! 여기 똥이랑 고이 잠들어 계신다! 보라고. 봐.
희자	어딜 들이밀어!
도치	이거 어쩔 거야? 어? 어쩔 거야! 한 장씩만 뽑아서 다시 뽑지도 못하는데!
관리자	그만요 그만! 아줌마!
희자	아, 아니야! 내가 그런 거!
관리자	이건… 이건 정말로 큰일이거든요? (눈물을 훔치며) 하 정말 너무들 하세요. 저도 일개 사원이에요. 직원이고 월급쟁이고 저도 그냥 하라는 일 하는 사람일 뿐이라고요. 일 이렇게 하시면 끝이에요? 저 잘리면 책임지실 거예요?
도치	미, 미안해

희자	그래. 우리도 다 같은 마음인데 너무 잘 알지.
관리자	저 상부에서 해고 지시가 내려와도 제 선에서 지켜드리려고 노력 많이 했어요. 근데 이젠 좀 힘들 것 같아요. 이거 아저씨 송장이라고요?
도치	내 거 맞아. 근데 잠깐만. 들어봐. 내 거 맞는데 내가 이런 게 아니라 저쪽이 그랬어. 저 봉지. 똥 치운다고 내 송장을 가지고 닦은 거라니까?
희자	나, 나 아니야! 알리. 알리 네가 나한테 저 종이 준 거잖아. 아니야? 어?
알리	제가 드렸지만 아줌마가 달라고…
희자	봐봐! 나, 나 아니야. 나는 그냥 받아 들어서 저걸 치우기만 했다고. 나, 나 정말 아니야!
관리자	알리 씨, 맞아요?
알리	그러니까 제가 종이를 아줌마한테 준 건 맞는데…
희자	맞잖아! 나한테 줬잖아!
알리	근데 앞에 있는 종이를 달라고 송장을 가리키셔서
희자	아니? 나는 주변에 종이 달라고 했지 송장 달라고 한 적 없어. 알리 네가 한국어가 익숙지 않아서 헷갈린 거야.
알리	저 한국에 온 지만 십년이에요. 저, 정말 헷갈리지 않았어요.
관리자	알리 씨, 오늘 일당은 드릴 테니까 오늘까지만 일 하는 걸로 해요. 어차피 알리 씨 오늘부터 안 나오는 거였는데 제가 편의 많이 봐 드렸어요.
알리	아, 안 돼요.
관리자	어쩔 수 없네요. 죄송해요.
해인	그, 그래도 갑자기 이렇게 해고하는 법이 어디 있어요?
관리자	알리 씨가 얼마나 열심히 일했는지 저도 현장 다니면서 다 봤

어요. 저도 누군가에게 해고를 통보하는 일이 쉽지 않아요. 그런데 제가 힘이 있나요? 저는 입장을 전달하는 사원일 뿐이지 상부에 입장을 개진하는 사람이 아니에요. 그럼 알리 씨 대신 해인 씨가 그만둘 수 있어요?

해인   그건…

관리자   못 그만두죠? 그러면 가만히 계시는 게 본인한테도 좋을 것 같네요. 아, 저 가면 이 똥 다 닦아내세요. 데이터 삭제돼서 송장 코드를 알아야 다시 뽑을 수 있으니까요.

도치   저… 뭘로 닦아?

관리자   맞다, 여기 화장실 수도 끊겼죠? 알리 씨. q구역 알죠? 거기 화장실에 걸레 있으니까 다녀오세요.

관리자, 알리와 함께 퇴장한다.

해인   이, 이렇게 될 줄은

도치   그쪽이 매몰차긴 했네.

희자   어쨌든 알리가 큰 실수를 하긴 했잖아.

해인   그런데 그렇게 따지면 여기 실수 안 한 사람이 어디에 있어요?

희자   무슨 말이야?

해인   아저씨 송장이니까 아저씨가 관리를 잘 했어야 하는 거 아니에요? 그리고 아줌마가 알리 씨한테 거기 있는 종이 달라고 말한 것도 저 다 기억하는데

희자   그래서 너 말고는 다 조금씩 잘못했다. 지금 이 말이야?

해인   그런 게 아니라 알리 씨로 그렇게 몰아갈 필요는 없었다는 말이에요.

희자   난 내 밥그릇 챙기는 게 제일 중요해. 구조조정 때문에 가뜩이

나 위험한데 내가 가만히 있을 순 없어.

알리, 걸레를 양손에 쥐고 등장해서 말없이 걸레를 나눠준다.

희자   알리. 미안해, 하지만 나도 어쩔 수 없었다고. 내 맘 알지?
해인   이대로 있을 거예요? 항의라도…
알리   어떡해요 그러면? 전 항상 이랬어요. 저번에 있었던 곳에서도 월급 때문에 힘들었어요. 그나마 비자가 있고 피부색도 여기 사람들이랑 같아서 같이 일하던 형들보다는 대우가 좀 나았지만… 그때도 제가 제대로 확인하지 않아서 당한 거였어요.
해인   알리 씨 잘못은 아니죠!
알리   제가 정신을 똑바로 차리고 있었어야 했어요. 이런 일은 언제나 일어나요. 이렇게 될 거 정말 d구역에 똥이라도 찌릴 걸.
해인   솔직히 말할게요.
도치   뭐를?
해인   똥이요. 그거, 제가 범인이에요.

일동, 놀라서 해인을 쳐다본다.

알리   예?!
희자   뭐야?! 그, 그렇게 큰 걸 네가…?
도치   맨날 머슴마냥 고봉밥을 먹더니…
해인   제가 싼 건 아니고요. 단추라고 제가 키우는 강아지가요. 대형견이라서 똥도 그만큼 커요.
도치   너! 도대체 왜 그런 짓을 한 거야.
해인   왜긴 왜예요, 화장실 때문에 그랬죠! 이 정도 했으면 화장실 고쳐줄 줄 알고 그런 거예요. 근데 무작정 알리 씨가 그랬다고 잘라버리려고 했잖아요. 그래서 또 그랬어요. 저희 단추가 산책 다녀올 때마다 똥을 무더기로 싸놔서

희자   너 당장! 관리실 가서 다 불어버려야…

해인   관리실에 가서 제가 범인이라고 말하면요?

희자   그, 그럼 알리 대신 네가 잘리겠지.

해인   제가 잘리고 난 다음에는요? 그 다음엔요? 저만 잘리게 될 것 같아요? 지금 e구역도 파업한다면서요. 그것도 마음대로 사람들 자르고 그런 거잖아요.

도치   그렇긴 하지만

해인   차라리 우리도 노조 가입해요.

도치   말도 안 되는 소리.

해인   e구역 사람들이랑 같이 파업해요. 우리도 화장실 수리해 달라고 요구도 하고요. 이런 식으로 하나둘 계속 해고당하는 일도 막아요.

도치   너, 파업하면 모든 게 다 해결되는 줄 알아? 그러다 못 돌아가고 길바닥에 나앉으면 어떻게 하려고 그래?

희자   그래. 너 때문에 애꿎은 알리만 피 볼 뻔했어! 나도 방광염까지 걸린 입장에서 네 마음을 모르겠어? 그래도 이건 아니야!

해인   이렇게 가다가는 시간문제일 뿐이지 가만히 있어도 잘릴걸요? 제가 범인인지도 모르고 알리 씨부터 자르려고 했는데. 그 자리에 알리 씨가 없었으면 아줌마나 아저씨가 잘렸을 거예요. 요즘 구조조정 한다고 소문 쫙 난 거 아시죠? e구역 사람들 그리고 알리, 다음엔 우리일 거예요.

희자   예전에도 그런 적이 있었어. 육아 휴직을 하고 돌아왔는데 이것들이 일을 안 주는 거야. 일하던 부서에 할 일이 없어서 가만

히 있으면 막 일하라면서 욕하고. 나랑 같이 육아휴직 받는 애들 두 명은 사직서 쓰고 다 나가 떨어졌는데 난 그래도 꿋꿋하게 버텼어. 집에 있는 우리 딸 생각하면 난 자존심 같은 거 필요 없어.

해인 바꾸려 들지 않으면 계속 이어져요. 아줌마 딸, 그 딸의 딸이 겪게 되면 어떡해요? 이게 사람 사는 거예요? 아무리 그래도 사람인데, 사람이 일을 하는데 사람 취급을 안 해주잖아요. 우리가 무슨 떼어다 쓰고 낡으면 버리는 부품도 아니고.

알리 이런 일이 또 일어나도 그때처럼 버틸 자신은 있어요?

희자 (사이) 바뀔 수 있을까.

해인 바뀔 수 있어요. 우리 다 같이 파업해요.

4장

관리자, 들어온다.

관리자 왜 안 닦고 계세요?

도치 얼른 닦으려고.

해인 아뇨, 일 안 해요.

도치 (희자에게) 어, 얼른

관리자 가만히 뭐 하세요?

해인 저희도 파업할 거예요.

관리자 파업이라뇨?

해인 e구역 사람들 파업하고 있잖아요. 다 알리처럼 해고 통보 받은 사람들이죠? 뜻이 같으면 같이 가야죠.

관리자 해인 씨는 왜 그러는데요? 제가 해인 씨보고 집 가래요?

희자 우, 우리도 곧 있으면 알리처럼 다 잘라버릴 거 아니야?

관리자	아줌마까지 왜 그러세요. 안 그래요. 여기 알리 씨는 지금 잘못 하신 게 몇 갠데요. 해고당하고도 남아요.
희자	구라치고 있어. 왜 다 아는 거짓말을 그렇게 해? 뻔뻔스럽기 는… 내가 일하면서 얼마나 당한 게 많은데… 나, 나도… 일 아, 안 할래.
도치	잠깐만 진정들 좀 해봐. 그러지 말고…
희자	그쪽은 찍 소리 안 하고 있다가 갑자기 주둥이 연다? 정규직이 라 아주 든든하지?

도치, 아무 말이 없다.

관리자	일 안 하실 거예요? 지금 이거 업무 태만이에요. 해고 사유에 들어갈 수 있어요.
해인	어차피 우리도 다 해고할 거 아니에요? 아저씨 빼면 다 계약직 인데.
관리자	정말 따라가실 거예요? 아줌마, 여기 남으시면 정규직으로 전 환시켜 드릴게요. 알리 씨도요. 두 분 그동안 열심히 일하셨잖 아요. 보상받으셔야죠.
해인	아뇨, 우리 갈 거예요. 얼른 가요. 굼벵이도 밟으면 꿈틀하는데 우리도 보여줘야 한다고요. 우리가 가만히 있으니까 잊어버린 거예요, 우리가 사람이라는 걸.
관리자	오늘 퇴근하기 전에 정규직 계약서 쓰러 가요. 약속해요.
해인	가자니까요?

희자, 선뜻 나서지 못한다.

알리	관리자님. 해인 씨예요.
관리자	네?
알리	똥 싼 범인이요. 강아지 똥을 가져다 놓은 거래요.
관리자	그, 그래요? 해인 씨가 그러셨어요?
해인	알리 씨!
관리자	맞나보네요. 알려주셔서 감사해요.
알리	죄송해요. 어쩔 수 없었어요.
관리자	해인 씨, 작업복 반납하고 사무실로 따라오세요.
해인	저, 정말 다들 이런 대우 받으면서 여기 있을 거예요? 아줌마도요?
희자	미안해. 나도 어쩔 수가 없네.
도치	그래. 어쩔 수가 없어.

해인, 어쩔 줄 몰라 하다가 무대를 퇴장한다. 도치와 알리, 희자는 해인이 떠난 곳을 바라보다가 걸레를 쥐고 힘겹게 송장을 꺼내 닦기 시작한다.
암전

　전혀 예상치 못한 당선이라 연락을 받았을 때 기쁘면서도 제대로 온 전화가 맞는 것인지 혼란스러웠습니다. 당선 소감을 쓰는 지금도 실감이 나지 않습니다. 부족한 글에서 가능성을 봐주셔서 감사합니다.

　저는 직면하기 어려운 문제들을 자주 회피하고 외면해왔습니다. 그런데 희곡을 쓰기 시작하면서 그것이 결국은 우회일 뿐 결코 피할 수 있는 문제가 아니라는 것을 알게 되었습니다. 희곡은 결과물이 어떻든 일단 자신을 조금이라도 진실하게 해준다는 점에서 멋진 것 같습니다. 진실하고 떳떳한 사람이 될 때까지 꾸준하게 쓰겠습니다.

　그동안 연극과 희곡에 대해 가르쳐주신 선생님들, 저를 웃게 해주는 만복 언니 운동 클럽을 비롯한 친구들, 가족들, 마음 써주신 많은 분께 감사드립니다.

한국일보 희곡 부문 당선작

사탄동맹

■

이철용

1994년 출생
한국예술종합학교 극작과 졸업

등장인물

살로메: 살인으로 무기징역 판결을 받아 복역 중인 젊은 여성.

　　　　오른쪽 가슴에 수인번호를 뜻하는 〈666〉 명찰이 붙어있다.

우르술라: 오랫동안 수형자들의 회개를 맡아 온 늙은 수녀.

　　　　수녀복을 입었고 수녀 베일을 쓰고 있다.

요한: 젊고 신실한 남성 교도관.

1.

교도소의 접견실. 중앙에 있는 유리 칸막이를 중심으로 왼쪽에 수녀-우르술라, 교도관-요한이 있다. 오른쪽에 수형자-살로메가 있다. 유리 칸막이에는 연필이 한 자루 들어갈 정도의 작은 구멍 몇 개가 뚫려 있다. 우르술라와 살로메는 앉아있다. 요한은 서서 허리춤에 찬 진압봉을 매만지며 살로메를 흘겨보고 있다. 우르술라, 살로메를 응시하다가 바닥에 놓아둔 가방을 챙겨 일어선다.

살로메 가지 마세요, 수녀님!

우르술라 이제야 겨우 입을 여셨군요.

살로메 절 버리지 마세요. 저를 어여삐 여기시고 저를 위해 기도해 주세요.

우르술라 그런데 살로메. 한 달 동안 아무 말도 하지 않았죠?

살로메 ……

우르술라 말하는 입이 없으면 듣는 귀 또한 소용이 없지 않겠어요?

살로메 차라리 제가 듣는 쪽이면 좋겠어요.

우르술라 그분께서 이미 모든 것을 알고 계시는데. 알면서도 굳이 말할 기회를 주겠다는데 무엇을 망설이지요?

살로메 하지만 수녀님.

우르술라 세례를 받았지요?

살로메 받았어요, 받았습니다.

우르술라 그래요. 내가 지켜보았지요. 수감 된 상태로 세례받는 것이 쉬운 일은 아닙니다. 오열하면서 새사람이 되겠다고, 천주를 섬기며 살겠다고 다짐한 것 제가 똑똑히 보았어요.

살로메 제 믿음에 군더더기는 없어요.

우르술라 그럼 말해봐요.

살로메	어디서부터 말씀드려야 할지 모르겠어요.
우르술라	처음부터 차근차근.
살로메	아아!
우르술라	누구나 길을 잃어버려요. 나는 길잡이랍니다.
살로메	수녀님 손을 꽉 잡고 전부 털어놓고 싶어요.
우르술라	사랑의 손은 철창도 뚫어요. 자, 내가 꽉 쥐고 있을게.
살로메	수녀님.
우르술라	그래요.
살로메	수녀님을 믿어도 될까요?
우르술라	다른 사람 다 밀어내도요. 저 한 사람은 믿으세요.
살로메	그렇다면 수녀님. 꼭 하나 부탁드리고 싶은 게 있어요.
우르술라	어디 말해봐요, 살로메.
살로메	어쩌면 굉장히 무례한 거죠. 하지만 제게 정말 중요한 거예요.
우르술라	무슨 부탁인데 그래요?
살로메	담배 한 대만 피우게 해주시겠어요?
요한	(버럭) 안 됩니다, 수녀님!
우르술라	(타이르듯) 자, 살로메.
살로메	십 년 동안 담배 한 대를 못 피웠어요.
우르술라	십 년을 안 피웠는데도 담배 생각이 납니까?
살로메	불안하고 괴로울 때면 저도 모르게.
요한	교정 질서를 해치면 처벌이다! 모르나?
살로메	담배 한 개비만 주시면 고해성사를 시작하겠어요, 정말입니다.
우르술라	참으로 어려운 부탁을 하는군요.
요한	들으실 필요 없습니다. 고해가 수녀님을 위한 것도 아니잖습

니까.

살로메	안 된다면 입 다물고 지옥 갈래요.
우르술라	어머, 살로메!
요한	보십시오, 수녀님. 어떻게 저런 말을 입에 담을 수 있답니까?
살로메	죄송해요! 진심은 아니었어요. 하지만 그만큼 간절하답니다.
요한	나가시죠, 벌써 어둑어둑합니다.
우르술라	요한.
요한	네, 수녀님?
우르술라	생각을 좀 해봅시다.
요한	시간을 낭비하시는 겁니다.

사이

우르술라	이렇게 합시다, 살로메. 제게 모든 것을 털어놓는다면 제가 담배 한 개비를 가져와서 (유리 칸막이를 문지르며) 이 구멍에 꽂아 넣지요.
요한	뭐라고요?
우르술라	(미소 지으며) 하지만 불은 붙여줄 수 없어요.
살로메	정말이시죠? 약속하시는 거죠?
요한	수녀님!
우르술라	그래요. 약속합니다.
살로메	감사합니다, 수녀님! 감사합니다….
요한	지금 이건 선을 넘으시는 겁니다.
우르술라	자, 요한. 내가 책임을 지겠습니다.
요한	왜 이 여자에게만 예외를 두십니까?
우르술라	알잖아요, 요한. 여기 오는 것도 이게 마지막이란 걸. 내일

성탄절이 지나고 나면 난 다른 교구로 떠납니다. 이제 올 일이 없는 거예요. 그뿐인가요. 이 사람 가진 죄가 너무나도 큽니다. 참회의 길로 나아가는 걸음은 억겁만큼 무거울 테지요.

요한 남편을 불태워 죽인 여자가 어찌 감히 구원받는단 말입니까.

우르술라 회개한다면 그 누구라도 구원받을 수 있습니다.

요한 진작 말씀드릴 걸 그랬습니다.

우르술라 뭘 말입니까?

요한 제가 하는 말 잘 들으세요, 수녀님.

우르술라 뭔가요?

요한 이 여자는요, 수녀님. 사탄입니다.

우르술라 사탄!

요한 네. 사탄!

사이

우르술라 (살로메를 슬쩍 보며) 어떻게 알죠?

요한 지난 십 년 동안 저 여자가 하는 행동을 빠짐없이 지켜봤어요. 밤마다 깔깔대고 웃는 소리가 제 개인실까지 들려옵니다. 웃음 뒤엔 흐느끼지요. 자기 이름을 잊어버린 사람처럼 절망스럽게 흐느낍니다.

우르술라 수감자들은 종종 불안과 괴로움에 휩싸이지 않습니까?

요한 그뿐만이 아닙니다. 몇 달 전에는 칫솔을 삼키며 자살소동을 벌였습니다. 아시죠, 자살이 죄인 거. 막으려고 감방에 들어간 제 귀에 대고 저 여자가 뭐라고 했는지 아십니까.

우르술라 뭐라고 했죠, 살로메?

살로메	키스하게 해달라고 말했어요.
요한	팔을 제 목에 감았죠. 저를 유혹하려고 했습니다!
우르술라	사실입니까, 살로메?
살로메	그날 많이 외로웠어요.
요한	명찰에 적힌 수감번호를 한번 보십시오.
우르술라	(수감번호를 보고) 네, 666번이네요.
요한	심지어 뱀띠입니다, 저 여자.
우르술라	세상에.

사이

우르술라	그게 답니까?
요한	예?
우르술라	나도 뱀띠예요.
요한	하지만 의심 가는 게 한둘이 아니지 않습니까?
우르술라	진실은 하느님께서 가지고 계십니다. 우리가 왈가왈부할 필요는 없지요. 살로메가 사탄으로 생각되지는 않지만, 살로메가 사탄이라고 해도 난 기꺼이 이야기할 거예요.
요한	어째서요?
우르술라	적을 알고 나를 알면 백전백승이라잖아요.
요한	지금 장난하십니까?
우르술라	고해성사가 장난입니까? 자리를 비켜주세요.
요한	안 됩니다, 수녀님. 이제 그만 나가주셔야겠습니다.
우르술라	나갈 사람은 요한입니다. 내가 곧 떠나더라도, 성당에서 전달하는 교정 후원금을 중지시킬 수는 있으니까요.

요한, 씩씩거리다가 마지못해 사라진다.

우르슐라	살로메.
살로메	네.
우르슐라	당신은 약속을 원했고.
살로메	수녀님께서 약속을 해주셨죠.
우르슐라	그리고 악의에 찬 비난으로부터 당신을 보호하였어요.
살로메	감사합니다.
우르슐라	이제 고해성사를 시작할 준비가 되었나요?
살로메	(성호를 긋는다) 성부와 성자와⋯ 성령의 이름으로, 아멘.
우르슐라	아멘. 당신은 하느님께 모든 것을 고하겠습니까?
살로메	모든 것을 고하겠다고 선서합니다. 어디서부터 시작해야 할까요?
우르슐라	마음 닿는 곳부터.
살로메	그래요, 십계명. 성경 맨 앞장이나 맨 뒷장에는 항상 십계명이 있으니까요. 처음 막 성경을 읽었을 때가 떠올라요. 모든 계명이 저를 꾸짖는 듯했죠. 일계, 하느님을 흠숭하지 않았고 이계, 하느님의 이름 간직하지 않았고 삼계, 주일마다 세상을 저주하였고, 오계, 사람을 죽임으로써, 사계, 하느님을 살인자의 아버지로 만들었지요.

우르슐라, 움찔한다.

살로메	왜 그러세요, 수녀님?
우르슐라	아닙니다, 계속하세요.
살로메	육계, 배우자도 아닌 사람과 음란한 적이 있고. 많이도 했고

196

	죄인 줄을 알면서도. 칠계, 도둑질도 숱하게 했답니다. 팔계, 누구보다 거짓말을 많이 했어요. 구계와 십계는 지금의 처지와는 관련이 없지만, 아뇨, 어쩌면 다 관련이 있겠네요. 저 정말 구제불능이었어요.
우르술라	이제 당신이 이곳에 있는 이유를, 사건을 말하겠습니까?
살로메	네, 수녀님. 하겠습니다. (목구멍에서 커다란 쇠구슬을 꺼내듯 힘겹게) 저는 제 남편을 불태웠습니다.
우르술라	다른 이도 아니고 사랑을 맹세한 남편을, 대체 왜 죽였습니까?
살로메	힘들었습니다.
우르술라	조금 더 풀어서 말해줄 수 있어요?
살로메	화도 많고 짜증도 많은 사람이었습니다. 걸핏하면 손을 올리고 윽박질렀지요. 억지로 성관계를 요구하기도 했어요. 관계를 할 때도 마음 편히 한 적이 없습니다. 동영상을 찍자거나, 다른 남자랑 셋이서 해보자는 등 끊임없이 강요했습니다.
우르술라	이혼을 할 수도 있지 않습니까?
살로메	이혼 얘길 꺼냈다면 그 사람이 아니라 제가 죽었을지도 몰라요.
우르술라	생각만으로도 무척 힘들었겠군요.
살로메	안감이 바늘로 된 옷을 입고 사는 것처럼.
우르술라	딸이 하나 있었죠?
살로메	그때 열 살이었어요.
우르술라	아무래도 좋은 얘기지만요. 만약 죽은 게 어린아이였다면, 난 지금 그 아이를 위해 기도를 올리고 있었을 겁니다. 그러나 당신이 죽인 사람이 남편이기 때문에 난 지금….
살로메	제게 더 마음이 가나요?

우르술라	(놀라며) 맞아요, 당신에게 더 마음이 갑니다.
살로메	고맙습니다.
우르술라	딸은 잘 지내고 있습니다.
살로메	만나보셨어요?
우르술라	어머니를 미워하지 않는다고 했습니다.
살로메	걘 무신론자인데도 그래요.
우르술라	어떻게 죽였는지 말할 수 있겠어요?
살로메	그날 저는 이상한 기분에 사로잡혀 있었어요.

사이

살로메 혹시 아세요? 심장 속에 뱀 수백 마리가 들끓는 것 같은 기분. 그날 저는 그런 기분이었고 나쁜 느낌이 아니었어요. 오히려 그 반대였죠. 세상이 뚜렷하게 보였어요. 사물의 외곽선을 인식할 수 있었고 그것을 꼬집어 볼 수도 있었어요. 이전에는 그런 적이 없었는데. 신기했죠. 일을 마치고 아침, 집에 돌아가니까 아무도 없었어요. 집은 난장판이었죠. 항상 그래요. 청소하면 하루 만에 어지러워지고, 아무리 닦아도 식기가 쌓여있어요.

우르술라 그래서요?

살로메 안방에서 코 고는 소리가 들렸지만, 남편은 거기 없었어요. 침대 위에 뭐가 있기는 했죠. 낡아빠진 종이뭉치였어요. 그게 뭔지도 모르면서 어서 빨리 치워버려야겠다고 생각했죠. 남편이 욕을 할 것 같아서요. 양이 꽤 많더군요. 내다 버리기에는 무거웠고요. 그때 어떤 속삭임 같은 것이 들려왔어요. 태워. 불 태우면 되잖아.

우르술라	태워요? 방 안에서?
살로메	최면에 걸린 것처럼 그 목소리를 따라갔어요. 이상하게 들리시겠지만 그게 좋은 방법 같았거든요. 전 불을 사랑해요. 불타는 것을 보면 희열을 느껴요. 십 년 전쯤 지방에 커다란 산불이 일어났던 거 기억하시죠. 다른 모든 사람이 안타까워하고 있을 때 저는 찌릿찌릿한 전율을 느꼈어요. 세상의 모든 산에서 일제히 불길이 치솟았으면 좋겠어요. 불길이 합쳐지면서 거대한 불기둥을 만들어 낼 거예요. 그 안으로 걸어 들어가면 몸 구석구석으로 하느님의 임재를 느낄 수 있을 거예요. 종말의 한 풍경 같겠죠.
우르술라	태운 뒤에는 어떻게 했습니까?
살로메	재가 엄청나게 나왔어요. 흘려보내야겠다고 생각했죠. 담을 수 있을 만큼 담아서 화장실로 끌고 갔어요. 물을 틀어두고 배수구에 쏟아버렸습니다. 전부 처리하는 데 한나절 넘게 걸렸어요. 아마 수도세가 엄청나게 나왔을 거예요.
우르술라	물불을 가리지 않았군요.
살로메	일을 마치고 나니 흑설탕 같은 졸음이 쏟아지더라고요. 한 시간 정도 잤을까, 문 두드리는 소리에 잠에서 깼어요. 문을 열었더니 경찰이 있네요. 누가 화재 신고를 했다나요. 바로 그 순간, 재는 피로 보여 뚝뚝 흐르고, 집안 가득 희뿌연 연기와 고기 타는 냄새…. 경찰이 저를 지나쳐 안방으로 뛰어가자마자, 심장 속에 웅크리고 있던 수백 마리 뱀들이 심장을 빠져나가 곳곳으로 흩어졌어요. 싱크대 아래로, 현관 밖으로, 화장실 배수구로….
우르술라	하나만 묻죠, 살로메. 후회합니까?
살로메	후회합니다, 수녀님. 어떻게 해야 이 죄를 감당할 수 있을까

요?

우르술라   이건 내가 입버릇처럼 하는 말인데요, 죄인 하나가 회개하면 하늘에서는 회개할 것 없는 의인 아흔아홉으로 인하여 기뻐하는 것보다 더하리라고 하셨어요.

살로메   다행이네요. 이런 저라도 하느님의 기쁨이 될 수 있다니.

우르술라   하지만 당신에게는 해당되지 않는 말입니다.

살로메   왜요?

우르술라   당신은 사탄이니까요.

사이

살로메   수녀님?

우르술라   당신은 속삭임을 듣지도 않았고, 뱀이 들끓는 느낌을 받지도 않았어요. 당신이 속삭임이고, 당신이 뱀이기 때문이죠.

살로메   절 믿겠다고 하지 않으셨어요?

우르술라   당신에게 세례를 줄 때 있죠. 어쩐지 나는 놀림 받는 기분이 들었답니다. 이 모든 것이 사악한 연극이고, 나는 무대 위로 끌려 나온 관객 같은 거예요. 대세를 한두 번 해본 것도 아닌데, 그런 기분은 처음이었어요.

살로메   그게 이유인가요?

우르술라   그때는 그저 의심이었을 뿐이에요. 하지만 확신하기에는 부족했고, 그래서 어떻게든 당신의 고해성사를 듣고 싶었습니다.

살로메   왜요?

우르술라   확실한 증거를 찾아내기 위해서요.

살로메   말이 안 돼요. 제가 사탄이라면 세례를 받았겠어요?

우르술라	사탄은 하느님을 욕보이기 위해서라면 무슨 일이든 할 수 있다죠. 메시아로 위장할 수도 있어요. 성경과 교리에 통달했으니까요.
살로메	제가 사탄에 씌었다는 말씀인가요?
우르술라	연기할 필요 없어요, 살로메.
살로메	연기가 아니에요. 구해주세요. 떼어주세요, 수녀님. 수녀님처럼 순결한 사람은 아니지만 저도 수녀님처럼 울고 웃는 사람이에요. 길을 잘못 들었을 뿐인데. 수녀님마저 저를 그렇게 생각하신다니….
우르술라	십계명이요.
살로메	네?
우르술라	아까 십계명을 말할 때, 하느님을 살인자의 아버지로 만들었다고 했었지요. 그건, 그런 모독은, 평범한 인간은 할 수 없어요. 내게 백 년의 시간이 주어진다고 해도, 그런 말을 생각조차 할 수 없었을 거예요. 그 말을 들은 다음에야 비로소 당신이 다시 보이기 시작했어요. 음울하고 고독해 보이는 그림자가 사실은 타오르는 화염의 뒷면이었음을, 죽은 듯 초점을 잃은 눈동자가 실은 흑점처럼 이글거리고 있었음을, 말라 주름진 두 손이 기름 부음을 받은 듯 광이 난다는 것을. 그리하여 초라해 보이던 당신이 실은 그 누구보다 강대하고 도전적인 존재라는 것을 깨달았죠.
살로메	(울먹이며) 타고났답니다.
우르술라	나는요, 살로메. 찾고 있었어요.
살로메	찾았다고요?
우르술라	여태껏 교도소를 들락날락했던 것도 바로 그 이유 때문이었고요. 난 오직 남편을 죽인 사람들만 만나요. 분명 그들 중

한 사람일 테니까. 당신은 죽여 왔잖아요. 언제나 당신보다 크고 강한 사람들을, 남편들을 말이에요. 수단과 방법을 가리지 않았지요. 칼로 찌르고 줄로 조르고 독을 타고, 썰고 묶고 끓여서. 헤아릴 수 없을 정도로 많이 죽였어요. 인간이 결혼을 발명했을 때부터 모든 시대, 모든 국가를 아우르면서. 당신은 수도 없이 많은 아내로 변장해 꼭 같은 수의 남편을 죽여 왔고 단 한 번도 실패한 적 없어요. 맞죠, 사탄. 당신이지요, 살로메?

살로메　그러나 내가 사탄이라면 어째서 사탄을 찾아다니신 거죠?

우르술라　친구가 되고 싶어요.

사이

살로메　(정색하며) 그건 반역이에요.

우르술라　저도 압니다.

살로메　하느님을 배신하겠다고요?

우르술라　그래요.

살로메　어째서요?

우르술라　죽이고 싶은 사람이 있으니까요.

살로메　(더는 참지 못하고) 푸하하.

사이

살로메　하하하, 하하….

사이

202

살로메	(이전까지와는 다른 분위기로) 수녀님은 참 재밌는 분이시네요. 노력도 많이 했고요. 나만큼 나를 잘 알고 있으셔. 그래요, 우르술라. 난 사탄이에요. 당신의 적이오, 당신의 신의 적이며 최초의 배교자, 타락을 부추기는 뱀이라. 하지만 지금은 당신이 궁금할 뿐이죠. 친구가 되고 싶다니 흔치 않은 경우거든요.
우르술라	그렇게 쉽게 정체를 밝혀도 됩니까?
살로메	힌트를 주지 않았다면 수녀님이 알았겠어요? 수녀님이 나를 찾고 있다는 거요, 수녀님이 태어나기 전부터 이미 알고 있었답니다. 난 날 찾는 사람을 밀어내지 않아요. 하지만 죽이고 싶은 사람이 있다고요? 남편도 없으신 분이 어째서?
우르술라	일단 하나 물읍시다.
살로메	물어보세요.
우르술라	천국은 있죠?

사이

살로메	네, 있습니다.
우르술라	지옥은요?
살로메	천국 있듯 있습니다.
우르술라	수녀가 되기 전에, 난 한 명의 아내였어요.
살로메	처녀 아닌 수녀라, 드문 일이군요.
우르술라	남편이 있었습니다. 딸도 있었고. 당신처럼.

사이

우르술라   그리고 딸에게 아주 안 좋은 일이 생겼죠.

사이

우르술라   남편과 딸을 떼어놓아야 했기에, 딸을 보호해야 했기에 이혼을 했어요. 딸은 어렸지만, 자신에게 무슨 일이 일어난 것인지 알았어요. 하지만 딸이 죽은 건 다른 이유 때문이었죠. 딸은 어느 날의 하굣길에 이어폰을 끼고 걷다가 트럭에 치여 죽었어요.

사이

우르술라   소리를 아주 크게 틀어놓은 모양이죠.

사이

우르술라   딸이 죽고 싶어 했는지, 사고를 당하지 않았다면 그 일을 극복했을지 나는 몰라요. 그런 얘길 나눌 시간이 없었으니까. 그래도 난 그 애 이어폰으로 음악을 들어요. 어디 하나 금 간 데 없이 멀쩡해요.

사이

우르술라   그렇게 신앙의 길을 걷게 되었습니다. 내 딸이 천국에 있기를 바랐거든요. 순결한 몸은 아니지만, 모든 것을 말씀드린 뒤 정결 서약을 하고 고해성사를 하여 수도자가 될 수 있었어요. 당신 말처럼 드문 일이었습니다. 외국에도 몇 없을 거예요. 하여튼 시간이 많이 흘렀지요. 미사를 드리고 무릎 꿇고 치성드릴 때마다, 사랑과 용서를 생각할 때마다 웃자란 분노가 조금씩 사라지더군요. 하지만 성당에서, 우연히 전남편과 마주쳤을 때, 심장은 창에 찔린 풍선처럼 펑, 하고 터져버리고 말았습니다. 그가 나를 알아보고 다가옵니다. 지난 시절 자신의 잘못이 뼈아픈 후회라고 하면서 딸 얘길 꺼내요. 아까 내가 했던 그 말을 남편이 합니다. 죄인 하나가 회개하면 하늘에서는 회개할 것 없는 의인 아흔아홉으로 인하여 기뻐하는 것보다 더하리라고. 조금만 놓아도 다 떨어질 것 같은 정신을 부여잡고 나는 깨닫습니다. 내가 모르는 새 그 또한 하느님 아래에 있었다는 사실을. 그리고 그 순간, 맘속 깊은 곳에서 인양을 기다리던 불꽃이 몸을 뒤덮고, 심장은 뱀굴이 되어 수백 마리가 들끓습니다. 내 딸이 천국에 있기만을 바랐는데, 전남편이 회개하여 천국에 간다면 두 사람은 마주칩니다. 그건 있어서는 안 되는 일입니다. 내 딸이 그를 용서하고, 그가 딸에게 용서받는 것이 최고의 결말일 수도 있겠지만, 난 그걸 절대로 받아들일 수 없습니다. 하지만 내가 할 수 있었을까요. 마주친 그때, 달려들어 목을 조를 수 있었을까요. 손목은 앙상하고, 허약한 팔에는 힘이 들어가지 않아요. 난 달아났어요. 두 가지 사실을 알게 된 거죠. 하느님은 그를 벌할 생각이 없다는 사실과 내게 도움이 절실하다는 사실을요. 그래서 찾아 헤맨 것입니다. 이제 나는 부탁합니다. (무릎 꿇으며) 전남편을 죽여주세요. 누군가 그를 응징했음을, 죽을 때 크나큰 고통을 느꼈음을 딸이 알게 해 주세요.

| 살로메 | 우르술라. |

사이

살로메	그대는 오해하고 있어요.
우르술라	무엇이든 약속하겠습니다. 나를 어디에 부려도 좋아요. 나를 당신의 내기에 제물로 써도 좋아요. 혀를 자르고 팔다리를 분질러 하느님 앞에 들이밀어도 좋아요.
살로메	제물로 안 써요. 혀도 안 자르고요. 당신을 돕고 싶어요. 하지만 난 살인청부업자가 아닙니다. 나는 죄 자체지, 죄의 대리자가 아니에요. 살인을 저지르기도 하고 살인자를 만들어 내기도 하지만 소원을 이뤄주지는 않아요.
우르술라	그럼 당신이 해 온 일은 다 뭐였던 거죠?
살로메	당신 같은 사람을 만들어내는 일.
우르술라	네?
살로메	세상에는 아내의 수만큼 남편이 있어요. 꼭 같지는 않지만 딸들도 있고요. 자, 내가 보아온 바, 아내 한둘이 남편을 죽이고 있을 때 훨씬 더 많은 수의 아내와 딸이 남편에게 살해당하고 있습니다. 이것은 부정할 수 없는 진실입니다. 나의 일? 다른 일에 비하면 미약하기 짝이 없습니다. 전쟁도 아니고, 학살도 아니고, 징병도 아니거니와 강간도 아닙니다. 내 일은 표본을 만드는 거예요. 남편을 죽여야만 할 때, 나를 보고 따라할 수 있도록 말이죠. 나는 옛적 고대로부터 남편 살해의 모델을 만들어왔어요. 주저하지 않을 수 있도록, 성경에 실린 말을 정확하게 어길 수 있도록. 미약하기는 해도, 남편을 죽이는 아내는 조금씩 많아지고 있답니다. 종막에는 남

편에 죽은 아내보다 아내에 죽은 남편이 많아지게 될 거예요. 그런데 그들은 어떻게 될까요?

사이

살로메	남편을 죽인 아내는 모두 지옥에 갑니다. 살인도 죄지만, 남편을 살인한 것은 그보다 훨씬 더 큰 죄이거든요. 그 처사를 이용하려는 겁니다. 아내들로 가득한 지옥에 남편들은 감히 발도 들일 수 없어야 해요. 그곳은 반역의 나라요, 죄악의 거점이 되어야 해요. 그러나 한 가지. 이 죄악은 아내 자신의 선택이어야 합니다. 내가 부린 마술로는 하느님을 욕보일 수 없으니까요. 알겠습니까? 당신이에요, 우르술라. 당신이 해야 해요. 난 그저 표본에 불과해요.
우르술라	늙고 병든 제가 어떻게….
살로메	성경 속에 있는 말을 기억합니까?
우르술라	어떤 말….
살로메	아내는 깨지기 쉬운 질그릇이니 조심히 다루어야 한다는 말.
우르술라	기억해요.
살로메	그래요, 깨지는 것은, 깨지기 전까지 여리고 약한 물건에 지나지 않아요. 하지만 깨진 다음에는 여리지도, 약하지도 않고 날카로워 찌를 수도 휘두를 수도 있어요. 깨지세요. 깨버리세요. 당신 손으로 당신 자신을 깨뜨려요. 내 말의 의미를 깨달아야 해요. 내가 왜 이런 말을 하는지 알겠어요?
살로메	나를 믿기 때문인가요?
우르술라	바로 그거예요. 우리는 포개어져요, 수녀님. 우린 만나게 되어 있었어요. 이다음에도 만나고 있을 겁니다. 당신의 성공

으로 세상에는 또 하나의 표본이 생기고, 그걸 본 사람은 더욱 쉽게, 그 사람을 본 사람은 더더욱 쉽게. 난 그걸 퍼뜨리고, 퍼뜨리면서 같은 얘기를 해줄 겁니다. 너희는 지금 사탄과 동맹 중이라고.

자정을 알리는 종소리와 함께 요한이 나타난다.

요한　　수녀님.
우르술라　(깜짝 놀라며) 언제 들어왔어요?
요한　　저는 나가지 않았습니다.

사이

요한　　성탄절입니다. 축일이죠. 감옥에 계셔서 모르겠지만, 바깥엔 함지박 만한 눈이 쏟아지고 있습니다. 그리고….

사이

요한　　축일에는 많은 것이 용서됩니다.
우르술라　살로메?

살로메는 상황에 개입하지 않고 우르술라와 요한을 지켜본다.
요한, 천천히 우르술라에게 걸어간다.

요한　　(살로메를 힐끗 보고) 수녀님은 위험을 무릅쓰고 사탄을 꾀어내어 정체를 밝혀냈고 계획을 파헤치셨습니다. 엄청난 공훈입

208

	니다. 비록 그 과정에 거짓과 신성모독이 있었지만요.
우르술라	거짓을 말한 적 없습니다.
요한	그 각오, 대담함은 분명 흔들리지 않는 믿음에서 나온 것이겠지요. 수녀님을 보고 배울 사람이 많습니다.
우르술라	보고 배워요? 누구에게 가르칩니까?
요한	누구긴요, 방종한 아내들이죠. 저도 얼마 전에 결혼을 했답니다.
우르술라	당신이? 당신은 여길 떠나지 않잖아요.
요한	물론이죠. 아내가 바로 이 옆 감방에 있으니까요.

사이

요한	수녀님과 같은 뱀띠랍니다.
우르술라	요한, 요한 당신은….
요한	수녀님. 저는 이 감옥을 지켜왔습니다. 여기서 먹고, 여기서 자고 여기서 옷을 갈아입습니다. 내가 태어나기 전에는 내 아버지가 했죠. 아버지 전에는 할아버지가 했고요. 아무도 내보낸 적이 없습니다. 아무도 나갈 수 없습니다. 이 감옥을 나가는 유일한 방법은 죽어 나가는 것뿐입니다. 하지만 수녀님께는 기회가 있죠. 하느님과 함께 들어오셨으니까요. 아직 시간은 있어요. 제 개인실 내벽에는 십자가가 걸려있습니다. 어떻게 하시겠습니까. 저와 함께 그곳으로 가시겠습니까?
우르술라	다가오지 말아요.
요한	도무지 이해할 수가 없습니다. 하느님은 수녀님을 사랑하시는데, 왜 하느님께 반역하려고 듭니까?
우르술라	더 이상 누구에게도 사랑받지 않을 겁니다. 수녀 그만둘 거

니까요.

요한　　　전남편 때문입니까?

우르술라　아뇨, 그것과는 별개입니다.

요한　　　제게 말해보세요. 제가 도와드리겠습니다.

우르술라　수녀의 삶에 대해 알고 있습니까, 요한? 우린 신부들에게 아침을 준비하기 위해 새벽에 일어나, 그들의 옷을 세탁하고 성당을 청소하고 그들이 먹은 그릇을 치워요.

요한　　　그래서요?

우르술라　그들의 옷을 다림질하고 점심에 저녁까지 차려준 후에야 잠을 잘 수 있어요. 죽을 때까지 평생을 그렇게 살아야 합니다.

요한　　　그까짓게 뭐가 그렇게 불만입니까?

우르술라　안드레아 수녀는 신학 박사 학위를 가지고 있지만, 그녀조차 설거지와 가사 준비를 하고 있어요. 그 일에 대해 아무런 대가도 받지 못한 채로요. 많은 수녀가 생각해요. 무언가 큰 잘못을 저지르고 있는 것 같아. 다음에 올 수녀도, 그다음에 올 수녀도 우릴 보고 따라할 테니까. 그걸 당연한 일로 여기게 될 테니까.

요한　　　언제부터 그런 생각을 하셨습니까?

우르술라　나뿐만이 아닙니다. 자매들 모두 일제히 그만두기로 했습니다. 나는 다른 교구로 가지 않아요. 우린 베일을 벗고 성당을 떠납니다.

요한　　　다시 한 번 생각해보십시오. 희생과 봉사는 사랑과 용서에 버금갈 만큼 값지고 거룩한 것입니다. 아무나 할 수 있는 일이 아닙니다.

우르술라　그 거룩함이···. 왜 언제나 몇몇 사람들의 몫이어야 합니까?

요한　　　모르십니까?

210

우르술라	당신은 압니까?
요한	알다마다요. 성경에 나오지 않습니까. 여호와 하느님께서는 남성의 돕는 배필로 여성을 지으셨다고요. 읊을 수도 있습니다. 여자는 교회에서 잠잠하라, 그들에게는 말하는 것을 허락함이 없나니 율법에 이른 것같이 오직 복종할 것이라. 성당으로 돌아가십시다. 수녀님. 저는 아무것도 못 본 것으로 하겠습니다. 그리고 저 악마는 이제 누구와도 접촉할 수 없게 격리하겠습니다. 감옥 안에서 외롭게 죽도록 하겠습니다. 다시는 누구도 타락시키지 못하게요.
우르술라	우리는 당신보다 강해요.
요한	따님 얘기는 진심으로 안타깝습니다.

우르술라, 움찔한다.

요한	그러나 걱정하지 마세요. 따님은 분명 좋은 분이실 테고, 훗날 남편 분께서 하느님 부름을 받고 올라가면 따님이 모든 것을 용서하실 겁니다. 둘은 좋은 부녀지간으로 천국에서 잘 지낼 겁니다.

말을 마친 요한, 진압봉을 꺼내 손에 쥔다.
우르술라, 주먹을 쥐고 고개를 숙여 떤다.

요한	어떻게 하시겠습니까?
우르술라	개인실로… 가겠습니다.
요한	그러실 줄 알았습니다.

우르술라, 고개 돌려 살로메와 눈을 맞춘다. 제법 오래.

그다음 쓰고 있던 베일을 벗어 양손에 칭칭 감은 뒤 앞장서 가는 요한의 목에 걸어 온 힘을 다해 조른다.

요한은 마구잡이로 팔을 휘젓지만 몸을 가누지 못하고 헐떡이다가 축늘어진다.

우르술라, 숨을 몰아쉰다.

살로메, 유리 칸막이가 존재하지 않는 듯 걸어나가 우르술라의 곁으로 간다.

살로메　　우르술라.

우르술라　(요한이 죽었는지 확인하며) 네, 살로메.

살로메　　미안해요.

우르술라　뭐가요.

살로메　　우르술라가 그런 말을 듣게 한 거요.

우르술라　왜 살로메가 사과합니까?

살로메　　내가 막았어야 했어요.

우르술라　아뇨, 이 사람 잘못인걸요.

　　　　　사이

우르술라　그런데요, 살로메. 만약 좋은 남편들이 있다면, 아내를 해치지 않으며 존중하고, 화합하는 남편들이 있다면 그들은 어떻게 할 건가요. 그들도 모두 죽기를 바라나요. 그들도 죽어야 하나요?

살로메　　좋은 남편이라면 마땅히 아내를 돕겠죠.

212

사이

우르술라   좋아요. 요한의 아내를 만나러 갑시다.

우르술라, 요한의 허리춤에서 열쇠 꾸러미를 집어 든다.

살로메   수녀를 그만두겠다고 했죠?
우르술라   그렇습니다.
살로메   이 순간부터 당신을 달리 부르겠어요. 수녀가 아니니 수녀라 부를 수 없고, 하느님을 배신했으니 세례명으로 부르지 않겠어요.
우르술라   그럼 뭐라고 부를 건데요?
살로메   할머니요.
우르술라   할머니?
살로메   네, 할머니.
우르술라   (멍하니 살로메를 보다가) 아, 참. 내 정신 좀 봐.

우르술라, 가방에서 담배를 꺼내 살로메에게 한 개비 준다.

살로메   돛대네요.
우르술라   같이 피우죠, 뭐.
살로메   피우면서 가요.
우르술라   가면서 불을 붙여줄게요.
살로메   그래요, 할머니. 여길 나가요.

우르술라와 살로메, 요한의 시체를 내버려 두고 감옥을 빠져나간다.

문 잠그는 소리.

막

한 사람을 5초 이상 바라보면 장면 하나가 떠오릅니다. 내가 바라보던 그 사람이 접시 열댓 개를 떨어뜨려 화들짝 놀라는 장면입니다. 잔인한 소리를 내며 부서진 접시를 두고, 그는 금방이라도 울음을 터뜨릴 것 같습니다. 그는 돌아섭니다. 그는 갑니다, 돌아보지 않고 멀리 갑니다. 제가 왜 이런 상상을 하는지 모르겠습니다. 그가 내 머릿속을 빠져나가고 나면, 나는 내 머릿속으로 깨진 접시를 치우러 갑니다. 저는 마주 앉은 사람의 얼굴을 잘 쳐다보지 못하는 편입니다. 하여간,

사랑해 마지않는 사람들의 이름을 말할 수 있는 지면의 존재가 기쁩니다. 나를 북북 찢고 싶던 지난날로부터, 강한 일상 속에서 어부와 같이 당겨주었던 친구들, 보석이 생기면 주고 싶은 그들에게 감사의 마음을 전합니다. 감탕밭 같던 내 세계를 바꾸어 놓은 당신들, 만나지 못했음 나오지 않았을 이야기로 당선되어 소감을 적고 있기 때문에요.

언제나 의미 있는 작업을 하고 있는 동우, 터무니없는 시간에 전화를 걸어도 받아주는 도훈 형, 못 볼 꼴을 너무 많이 보여드려서 죄스럽고 고맙고 죄스러운 승일 선배, 고유하고 진지한 태도로 희곡을 쓰는 극작가 김연재, 언제 어디서 만나도 반가운 송승언 시인, 사금파리 같은 글을 뒤적여주신 신재훈 연출님, 애인도 아닌데 애인처럼 생각되는 유수연, 어렵고 괴로운 시간마다 입을 열어준 상록, 어쩌면 여러모로, 나를 가장 많이, 몇 년에 걸쳐 뒤바뀌놓은 윤성 형, 제게 커다란 행운이었던 원석 형과 닮고 싶은 사람 유주 언니, 동생 수연과 부모님, 선생님들, 캐치볼 모임 친구들 민하, 효령, 한아, 수희님과 휘강 형에게 고맙습니다. 신문사에 보낼 사진을 찍어준 한솔에게도 고마움을 전합니다.

새해에는 옳음에 투신할 용기와 불안에 헤매지 않을 정신과 마음먹은 것을 하게끔 하는 신체와 친구들에게 소분할 수 있는 사랑이 불어났으면 좋겠습니다. 사람은 나아질 수 있으며 그래야만 한다는 것을 알게 만든, 자기 자신을 미워할 뿐인 지옥에서도 절망보다 더 큰 낙관을 건져 올릴 수 있음을 때려주듯 믿게 만든 모든 사람들. 당신들에게 깊고 맑은 빛이 함께하기를 바랍니다. 손 틈새를 흐르는 조약돌 무더기처럼, 적셔 마르며 끈질기게, 잃지 않으며 언제까지고 함께이기를 조심스레 소망합니다. 감사합니다.

역대 신춘문예 희곡 당선 작품집 수록작품

1999 신춘문예 희곡 · 시나리오 당선 작품집
공철우 · 근무중 이상무 대한매일
김태웅 · 달빛유희 동아일보
윤준용 · 서울 특별시민 Y씨의 마지막 외출 조선일보
이종락 · 거리 위 작업실 중앙일보
고선웅 · 우울한 풍경 속의 여자 한국일보
이동하 · 나는 너다(시나리오) 동아일보

2000 신춘문예 희곡 당선 작품집
이태윤 · 밤새 안녕 하셨습니까? 국제신문
안은영 · 창 달린 방 대한매일
강석현 · 아이야, 청산 가자 동아일보
윤형섭 · 저녁 동아일보
여환삼 · 중 이야기 부산일보
강석호 · 배웅 조선일보
김종광 · 해로가 중앙일보
김현태 · 행복한 선인장 한국일보

2001 신춘문예 희곡 당선 작품집
박광순 · 복숭아꽃 살구꽃 대한매일
서인경 · 말! 말? 말… 동아일보
안희철 · 벽과 창 부산일보
안희철 · 회장님, 씻으셨습니까? 전남일보
이미정 · 낙원의 길목에서 조선일보
김정훈 · 너에 대한 추측 한국일보

2002 신춘문예 희곡 당선 작품집
최원종 · 내 마음의 삼류극장 대한매일
김현철 · 꿈꾸는 식물 동아일보
전은숙 · 존경하는 선생님 부산일보
임혜은 · 새벽은 슬프게 오다 전남일보
마미성 · 이럴 수가 있나요? 조선일보
김재엽 · 페르소나(persona) 한국일보

2003 신춘문예 희곡 당선 작품집
변혜령 · 장난감 총 대한매일
전소영 · 다섯 가지 동일한 시선 동아일보

장경린 · 넋이야 있고 없고 부산일보
고은정 · 번화석류(番花石榴) 전남일보
음석종 · 투신(投身) 조선일보
김민정 · 브라질리아 한국일보

2004 신춘문예 희곡 당선 작품집
이윤설 · 새로운 도시와 시민들의 합창 동아일보
조용석 · 침입자(侵入者) 부산일보
성금호 · 행복한 우리 집에 놀러오세요 서울신문
정미진 · 항아리의 꿈 전남일보
김성민 · 그녀가 본 세상 조선일보
최명숙 · 두 아이 한국일보

2005 신춘문예 희곡 당선 작품집
이 오 · 아일랜드 행 소포 동아일보
박윤주 · 여름, 장마가 끝날 무렵 무등일보
윤지영 · 장흥댁 부산일보
박만호 · 청진기 서울신문
고려산 · 눈부신 비늘 전남일보
고자현 · 매일 메일(E-MAIL) 기다리는 남자 조선일보
김수정 · 청혼하려다 죽음을 강요당한 사내 한국일보

2006 신춘문예 희곡 당선 작품집
신은수 · 비싼 사과의 맛 동아일보
윤민호 · 산소결핍시대 무등일보
김지용 · Play4-가출소녀 우주여행기 부산일보
김미정 · 블랙홀 서울신문
최일걸 · 지느러미 달린 풍경 전남일보
최일걸 · 팽이증후군 조선일보
김은성 · 시동라사 한국일보

2007 신춘문예 희곡 당선 작품집
주혁준 · 허수아비 동아일보
홍지현 · 변기 동아일보
박미현 · 사라진 신부는 어디로 갔을까 무등일보
이해성 · 남편을 빌려드립니다 부산일보
김정용 · 문득, 멈춰 서서 이야기 하다 서울신문

김주원 · 노인과 바닥 서울신문
황승욱 · 세탁실 조선일보
황현진 · 귀신 한국경제신문
이진원 · 손님 한국일보
이예찬 · dOnut 한국희곡작가협회

2017 신춘문예 희곡 당선 작품집
김연민 · 명예로울지도 몰라, 퇴직 경상일보
김명진 · 루비 동아일보
양예준 · 달팽이의 더듬이 부산일보
조현주 · 오늘만 같지 않기를 서울신문
고군일 · 자울아배 하얘 조선일보
주수철 · 그린피아 305동 1005호 한국일보
임진현 · 횃불 한국극작가협회

2018 신춘문예 희곡 당선 작품집
송현진 · 춤추며 간다 경상일보
이수진 · 친절한 에이미 선생님의 하루 동아일보
이유진 · 비듬 부산일보
최고나 · 가난 포르노 서울신문
정재춘 · 조용한 세상 조선일보
이소연 · 마트료시카 한국일보
이민구 · 냄새가 나 한국극작가협회

2019 신춘문예 희곡 당선 작품집
김환일 · 고해(告解), 고해(苦海) 경상일보
최상운 · 발판 끝에 매달린 두 편의 동화 동아일보
이주호 · 밀항 매일신문
김옥미 · 도착 부산일보
조은희 · 우산 그늘 서울신문
오현근 · 양인대화 조선일보
홍진형 · 가족연극 한국극작가협회
차인영 · 이 생을 다시 한 번 한국일보

2020 신춘문예 희곡 당선 작품집
김미령 · 옷장 속 남자 경상일보
조지민 · 선인장 키우기 동아일보
정승애 · 32일의 식탁 매일신문
연지아 · 마지막 헹굼 시 유연제를 사용할 것 부산일보
김지우 · 길 서울신문
김준현 · 절벽 끝에 선 사람들 조선일보

임지수 · 저 나무 하나 한국극작가협회
이홍도 · 컬럼비아대 기숙사 베란다에서 뛰어내린
　　　　동양인 임산부와 현장에서 도주한 동양인
　　　　남성에 대한 뉴욕타임즈의 지나치게 짧은
　　　　보도기사 한국일보